떠나는 것에 대하여

김봉래 네 번째 수필집

떠나는 것에 대하여

문지사

네 번째 수필집을 내면서

　초로에 접어드는 아주머니들이 소위 명품이라는 가방 하나는 들고 나서야 자신의 뒤태가 과히 초라하지 않게 느껴지는 심정이라 할까요?
　곰곰 생각해보니 내가 이런 수필집을 꾸며보는 것은 몸은 늙어가고 딱히 이룩한 것은 없어 인생이 참으로 허무할 때 샤넬 백 하나가 주는 그런 위안을 이 작은 책자에서 찾고자 함인지도 모르겠습니다.

　수필집을 꾸밀 때마다 제법 그럴사한 이유를 대곤 했지만, 사실은 이런 방법이 아니면 제가 알고 있는 분들과 교통할 방법을 달리 알지 못하겠기에, 그리고 그 소중한 분들과 이 책을 통해서 가까이 만나고 싶은 심정에서 네 번째 수필집을 상재합니다.
　더 큰 이유를 댄다면 호준, 승유, 보경, 승민이의 가슴 속에 제가 남아 있고 싶어서입니다. 제 가슴 속에 할아버지가 살아 계시는 것처럼, 네 명의 손주들 가슴 속에 제가 남아있고 싶습니다. 한 십년, 이십년이 흘러서 손주 녀석들이 인생에 대해서 조금씩 이해하기 시작할 때까지 제가 살아 있을 수는 없기 때문에 그때 제 손주들이 할아버지의 글 몇 줄을 통해 저를 가슴에 품을 수 있으면　그것 하나만으로도 제 잔은 넘칠 것입니다.

「행복한 산책」은 조금 멋을 부린다는 것이 소녀의 서툰 화장처럼 어설프지나 않을까, 「서울 이야기」는 여기 저기 강연을 하던 것을 간추린 것이라 내용이 건조하지나 않을까 조심스럽습니다.

　「청사초롱」은 손주들이 기억해줬으면 하는 제 이야기이고, 「영원한 만남」 속에는 추억이란 이름의 지나간 세월을 담아보려 했습니다.

　「새로운 월령가」와 「이삭줍기」는 지인들을 위한 문학카페 동아리에 올렸던 글입니다. 겨울 동안 봄을 기다리고, 꽃 진 뒤에 다가오는 녹음이 주는 그런 감격 같은 것을 써 보았지만, 구차한 설명이라는 나무람을 듣지 않을까 걱정됩니다. 마지막으로 「옌타이 이야기」는 6년 동안 중국에서 이국 청년들을 가르칠 적의 이야기입니다. 제게는 인디언 섬머처럼 소중한 결실의 시기였습니다.

　아내는 쉽게 알아들을 수 있는 글을 쓰라고 조언합니다. 가장 쓰기 힘든 글이 쉽게 알아들을 수 있는 글이라 변명을 해봅니다. 이런 모자란 글을 기꺼이 출판해 준 문지사 홍철부 사장이 그저 고마울 따름입니다. 부족한 대로 이 책을 통해 저를 기억해주는 모든 분과 다시 한 번 만나고 싶습니다.

2018년 7월

김붕래

목차

1

행복한 산책

개심사 開心寺

　　개심사 경내에는 꽤 큰 연못이 하나 있습니다. 스님들은 연못
이름을 경지鏡池라고도 부릅니다. 자신의 업보를 비추어 보는 거울 같은
연못이라는 뜻이겠지요. 몸으로 짓는 죄악, 마음이 저지르는 업보가
환하게 비치는 연못이라면, 어찌 그 위를 건너기 두렵지 않겠습니까?
그런데 이 연못에는 외나무다리 하나 밖에는 없고, 대웅전에 오르자면
이 연못을 지나는 길 밖에 없습니다. 외나무다리는 누구와 함께 지나갈
수 없는 혼자만의 길입니다.

　　인생은 이 외나무다리를 지나듯 외롭고도 두려운 혼자만의 여정인
것을 개심사에 와서 다시 한 번 깨닫습니다. 피안과 차안의 경계라
할까요? 상처투성이 속세의 땅에서 불토로 들기 위해서는 그 정도의
참회하는 마음은 지녀야 한다는 상징일 것 같습니다.

　　"분명히 열반은 있고, 그 곳에 이르는 길도 있고, 그 길을 인도하는

나(여래)도 있다. 그러나 열반에 이르는 이도 있고, 들지 못하는 사람도
있다. 이것은 나로서도 어쩔 수 없다. 나는 다만 길을 가르치고 있을
뿐이다.”

　오금 저리게 경지에 비추는 자신의 비루함을 내려다보며 외나무다리
위에서 떨고 있는 나에게 부처님이 들려주는 말씀입니다. 부처님도 함께
건너 줄 수는 없다는 이 천인단애千仞斷崖 외나무다리 위에서 종교를 너무
쉽게 생각해왔던 것을 반성을 합니다.

　‘나무南無 아미타불’ 한 마디면 극락에 갈 수 있다는 불경의 기록은
활짝 열린 종교의 넓은 문입니다. 그러나 한 발자국만 더 내디디면
“죽도록 충성해야 생명의 면류관을 주겠다”는 예수님의 말씀은 예사롭지
않습니다. 달마대사 같은 분도 눈썹을 뽑아가며 9년 면벽을 해야
했으니, 개심사의 외나무다리가 시사하는 외연은 무척 넓어집니다. 모든
길은 다 둘이는 나란히 건널 수 없는, 좁은 문일 수밖에 없다는 상징인
것 같습니다.

　개심사는 충남 서산에 있는 소박한 절입니다. 유명한 해미 읍성을
지나는 길에 한번 들러도 좋습니다. 백제 의자왕 때 창건된 절집에는
세월의 연륜인 양 깔려 있는 이끼도 향기롭습니다. 더군다나 전국을
휩쓸고 지나갔던 임진왜란의 화마도 이곳은 비켜간 천년 승지이기도
하니 기왓장 한 장 위에도 태고의 전설이 남아 있는 듯합니다. 가까이에
있는 서산 마애불磨崖三尊佛像의 그 천진난만한 웃음과는 형제격으로
개심사는 친근하고도 여유롭게 꾸며져 있습니다. 범종각의 기둥과

대웅전의 대들보는 세상살이에 찌들어 허리 휘고 어깨 수그러진 우리의
모습처럼, 꼬이고 비틀어진 언덕 위의 소나무 모습 그대로인 것이 이미
자연과 한 몸을 이룬 감이 있어 더욱 친근해집니다.

개심사 입구 주차장에 내리면 길가에 소꿉놀이처럼 놓여진 작은
바위에 아이들 낙서같이 음각된 천진난만한 표지석이 눈에 들어옵니다.
한쪽 돌에는 세심동洗心洞, 다른 한쪽에는 개심사開心寺 입구라 쓴 글씨를
보고 있노라면, 정말 부는 바람에도 마음이 씻겨지고, 흘러가는
구름에도 마음이 열리는 듯 평온해 집니다. 사찰로 향하는 일주문
근처의 소나무도 한가롭고 인공의 흔적 없이 듬성듬성한 돌계단을
밟으면 어머니 계신 고향을 찾는 듯 마음이 편안해집니다.

세상살이 팍팍하고, 때 묻은 마음이 주체스러울 때 개심사를 한번
찾아보십시오. 외나무다리를 누구의 손도 잡지 않고 혼자 건너고 나면
정갈한 마음이 새 세상처럼 열립니다. 왕벚꽃 피는 늦은 봄이나, 모란이
요란한 초여름도 좋고 소나무 혼자 고즈넉이 눈발을 견디고 있는
겨울에도 개심사는 좋습니다. 사계절을 다 제 빛깔로 서 있는 소나무의
그 기품에는 수행 정진을 마친 고승의 청정함이 배어 있어 화사한 계절의
아름다움과는 또 다른 고고함이 배어납니다.

수종사 水鐘寺

　　운길산 수종사는 산과 물이 다 좋습니다. 세조 임금님이
금강산(일설, 오대산) 행차를 마치고 귀경 길에 양수리兩水里에 들러
감탄했다는 속설만큼 운길산은 산세가 웅장합니다, 십팔나한을
모신 바위 동굴에서 떨어지는 물소리가 마치 북소리처럼 사방에
울려 펴져 수종사라 이름했다는 전설만큼 샘물도 맛이 별납니다.
그러나 그것보다는 수종사에서 내려다보는 한강의 흐름이 정말로
일품이고 장관입니다. 발 아래로 북한강이 흐르고, 눈을 조금
더 옮기면 남한강과 북한강이 합수하여 바다가 된 듯 멈춰 선
물줄기가 웅장합니다. 이를 바라보고 있노라면 단명한 것 투성이인
이 세상에 영원한 것이 진정 존재한다는 믿음이 생깁니다.『논어』의
'인자요산仁者樂山 지자요수智者樂水(어진 사람은 산이 영원히 침묵하는
것을 좋아하고 슬기로운 사람은 물이 끊임없이 흐르는 것을

사랑한다)'는 경지를 운길산 수종사에 올라보면 어렵지 않게 느낄 수 있습니다.

봄이 한창인 듯하더니, 불어오는 바람결에 그 성하던 꽃잎은 다 져버리고, 울타리 너머 배꽃처럼 하얗게 웃던 첫사랑의 인연은 첫눈 녹듯 망각의 늪으로 사라져버려 인생이 허망하다면, 상처난 사랑의 변명처럼 이 세상은 온통 가고 아니오는 것 투성이 같아 답답한데도 딱히 가슴 후련할 일이 없다면 운길산 수종사에 한번 들려보세요. 발 아래로 남한강 북한강이 항상 새롭게 흐르면서도 세월과 무관하게 언제나 제자리에 머물러 있는 것을 볼 수 있을 겁니다. 강이란 수없이 많은 것을 흘려보내면서 또한 많은 것들과 새롭게 만나면서 제 물줄기를 늘여갑니다. 인생살이 또한 가고 오는 것을 담담하게 받아들이면서 사랑의 폭을 넓혀 나가라는 묵언의 교훈을 강물에서 배울 수도 있을 겁니다. 애증을 초월한 물줄기를 노자는 상선약수上善若水라 이름 지었을 것 같습니다.

수종사는 운길산 8부 능선쯤 중턱에 있습니다. 흐르던 구름이 멈춰 걸려 있다는 운길산雲吉山은 초입부터 사찰의 일주문까지 꽤 급경사의 길을 걸어야 할 만큼 오르기가 만만치 않으면서도, 솔바람 새소리가 유난히도 마음에 평온을 줍니다. 이 길은 임진왜란 때 이조판서와 병조판서를 역임했던 이덕형 '오성과 한음'으로 회자되던 한음 이덕형 대감이 고향 사제마을(조안면 송촌리)에서 자주 수종사를 찾던 바로 그 역사의 때가 묻은 길이기도 합니다.

땀을 닦으며 수종사에 도착하면 산이 급경사여서, 그만큼 두물머리를 내려다보는 시야가 가깝고 운치가 배승倍勝합니다. 수종사는 한강을 내려다 볼 수 있기에 멀지도 않고 가깝지도 않은 딱 좋은 장소입니다. 멀리 가물가물 다산 정약용 선생의 묘지(유적지)가 보일 듯 말 듯, 모든 낡은 것을 새롭게 하고자新我舊邦 했던 그분의 이상처럼 강물은 항상 새롭게 흐르고 있습니다. 두 갈래 한강 줄기는 "괜찮다, 괜찮다" 속삭이며, 모든 것을 품고 조용히 흘러가는 영원한 모성이기도 합니다.

수종사에서도 가장 전망이 좋은 곳은 삼정헌三鼎軒이라는 다실입니다. 선불장 앞마당도 좋고 종각 기둥에 의지하거나 요사채 어디에서 두물머리를 굽어보아도 그 도도한 흐름이 가슴을 시원하게 씻어주지만 통유리로 된 삼정헌에서 작설차雀舌茶 한 잔을 마시며 내려다보면 한강의 흐름은 희로애락을 다 감싸 품에 안는 듯, 산사의 바람소리와 함께 마음을 더욱 훈훈하게 해줍니다. 찻집 보살님께 차 맛이 일품이라 했더니 물이 좋아서라고 여유로운 대답을 주십니다.

내 인생은 어디쯤 흘러가고 있을까요? 과연 저 강물처럼 기슴을 촉촉이 적시면서 고통까지도 포용하면서 살고 있나요? 여러 사람들과 섞여서 여기까지 흘러오면서 얼마만큼 사랑했고 아파했을까요? 내가 도착해야 하는 나의 바다는 여태 멀리 남아 있을까요? 우전차^{雨前茶}의 여운이 아직 입 안을 감돌 듯 내 인생에 향기를 남기기 위해 지금, 나는 얼마나 더 사랑을 해야 할까요?

고인 듯 잠잠한 저 강물은 또 땅 밑으로 스며들어 어디선가 감로수로 샘솟아 행인들의 마른 입을 축여주기도 할 것입니다.

만동묘萬東廟 계단

쓴 나물 데운 물이 고기보다 맛이 있네
초옥 좁은 줄이 그 더욱 내 분이라
다만당 임 그린 탓으로 시름 게워 하노라

　송강 정철의 시조입니다. 어찌 나물 반찬이 고기보다 맛이
있겠습니까? 그러나 조선 학자들은 좁은 초가집을 즐기는 것이
선비의 덕목이라고 생각했습니다. 편안하고, 하고 싶은 것보다는
고단하더라도 해야 될 것을 하며 살아야 하는 것이 사람의 도리라
여겼던 것입니다. 만동묘萬東廟 계단을 오르면서 이런 원칙론적인
당위의 문제를 생각해 봤습니다.

　만동묘로 오르는 계단은 걷기 난감할 만큼 좁고도 가파릅니다.

계단에 발을 대봐도 도통 중심을 잡을 수 없습니다. "임금님 앞이 듯 국궁하며 게걸음을 하노라니 삼가고 조심하여 공경한다"는 말이 이런 것이구나 하는 생각을 하게 됐습니다. 우리나라 건축물을 살펴보면 이렇게 기능면을 중시했다기보다는 원칙에 충실하고자 한 것이 많이 있습니다.

경복궁 근정전 앞 광장, 정일품, 종삼품 하는 품계석이 놓인 광장이 '조정朝廷'입니다. 여기에 깔려 있는 박석薄石은 들쭉날쭉 하고, 종묘宗廟에 꾸며진 신도神道와 어도御道의 돌들은 울퉁불퉁합니다. 이곳은 지엄한 임금님의 공간이니 솜씨 서툰 장인들의 엉터리 공사는 아니었을 것입니다. 아무렇게나 놓인 듯한 거친 돌 하나하나가 지나는 사람의 행동을 삼가고 조심하게 하는 기능을 합니다. 우리 한옥을 살펴보면 문지방은 높고 문은 낮습니다. 아침저녁 그 문을 낮은 자세로 드나들며 늘 삼가고 공경하는 마음을 잊지 않게 하였던 건축학적 장치였습니다. 만동묘의 가파른 계단은 쉽게 오르는 기능의 문제를 포기하고 선비가 마땅히 걸어야 할 바를 강조한 당위의 문제를 제시하고 있는 것입니다.

서양에는 파티 문화가 발달되어 있었습니다. 쌍쌍이 손을 잡고 춤을 추는 것은 민감한 남녀 문제의 합리적인 돌파구였습니다. 같은 연대에 조선 사회에서는 남녀칠세부동석이란 단어가 근엄하게 버티고 서 있었습니다. 인륜지대사라는 결혼에 임하면서까지 당사자는

제외되었던 것이 조선 사회의 폐쇄성이었지만, 백년해로하는 면에서
보면 서양 사회에서는 경박한 이혼이 너무 많은 것도 사실입니다.
동서양을 막론하고 백년해로가 부동의 진리라면 합리적인 것보다
원칙적인 것의 생명력이 강하지 않았는가 하는 생각을 하게 됩니다.
만동묘 가파른 계단을 어기적거리며 오르던 시대정신이 이제는
퇴색했지만 흘러간 과거지사로만 밀쳐낼 일은 아닙니다.

만동묘는 충북 괴산에 화양서원과 나란히 세워져 있는, 명나라
황제 신종神宗과 의종毅宗 두 분을 모신 사당입니다.
"황하나 장강 같은 대하大河는 동서남북으로 천 번
꺾이고 만 번 휘더라도 마지막에는 동쪽 바다로 흘러들게
된다(만절필동其萬折也必東似志)"는 공자님의 어록을 따서 '만동묘'라
했는데, 임진왜란 때 우리나라를 도와준 명나라에 대한 의리가
다분히 내재해 있습니다. 더러는 사대사상의 발로라 폄하하는 경우도
있지만, 의리 하나에 목숨을 걸었던 당시 성리학적 전통 관념의
발로라 생각하면 늘 삼가고 공경했던 조선 선비 정신이 '만동'이라는
이름에도 깃들어 있음이 분명합니다.

화양계곡이 아름다운 것은 암서재나 금사담 같이 빼어난
풍광 때문만은 아닐 것입니다. 만동묘라는 선조 임금의 필적이나,
화양서원華陽書院이라는 숙종의 사액賜額, 비례부동非禮不動이라는 명나라
마지막 황제 의종의 어필, 송시열의 대명천지大明天地라는 휘호 등

역사의 흔적들이 여름날 이른 아침에 피어나는 안개처럼 아련한
향기를 지니고 있기 때문에 더욱 가치가 있는 것입니다.
햇빛에 바래지면 역사가 되고 월광에 물들면 신화가 된다고
했던가요? 만동묘 계단을 조심조심 오르며 만절필동, 비례부동 같은
불멸의 진리를 다시 한 번 생각하는 것도 좋은 여행일 것입니다.

님은 침묵하시고

백의관음무설설白衣觀音無說說

남순동자불문문南巡童子不聞聞

　웬만한 암자 기둥에는 이런 대련對聯이 한두 개 붙어있습니다. 부처님이야 부처님이니까 말 없음으로 말씀해 주시겠거니와, 나는 보살을 모시는 남순동자가 못 되니 어찌 듣지 못하는데 그 말씀을 한마디인들 알아들을 수 있겠습니까?

　도처에 부처님 아닌 것이 없다고 합니다. 하긴 성당이나 교회의 예수님도 연민의 눈으로 우리를 내려다보고 계십니다. 그렇지만 우리에게 그렇게 익숙하고 친숙한 일상의 언어로 쓰여진 불경이나 성서에 의해서는 나는 그분들 앞으로 한 걸음도 나아갈 수가 없습니다. 이런 차단된 소통이 나로 하여금 예수님이나 부처님으로부터 이방인이 되지 않을 수 없게 합니다.

한번은 테레사 수녀님께 어떤 기자가 물었습니다.

"수녀님은 하나님께 뭐라고 기도하십니까?"

"난 아무 말도 하지 않습니다. 다만 그분의 말씀을 들을 뿐입니다."

"하나님께서는 무어라 말씀해 주시는데요?"

"아무 말씀 않으십니다. 다만 제 기도를 들으실 뿐입니다."

이것은 서양식 선문답禪問答임에 틀림없습니다. 어쩌면 빗나간 우문에 대한 현답인지도 모르겠습니다. 아무래도 말에 의지해서는 진리에 도달할 수 없나봅니다.

36년간 몸 담았던 교직생활을 마칠 때 견실한 불교 신자인 후배 교사 한 분이 거의 강제이다시피 나를 능인선원 불교대학에 입학시켜준 일이 있습니다. 모든 것이 현장이 중요하듯 믿음 또한 현장에 나서면 희미하던 색깔이 좀 선명해질 수도 있겠다 싶어 매주 두 번씩 지광智光스님의 명강을 들었습니다. 그러나 머리가 내 나름대로 너무 굳어 있어서 그분의 말씀이 진리로 내게 다가서지 않는 것 또한 안타깝기는 마찬가지였습니다. 말로써는 진리라는 그 거대한 빙산의 일각에도 도달할 수 없다는 것을 배웠을 따름입니다. 단지 거기서 듣던 여러 독송 가락들이 지금도 고향의 풀피리 소리처럼 아련하게 가슴에 남아있을 뿐입니다.

「천수경」이나 「반야심경」을 듣노라면, 알아들어서 느낄 수

있는 그런 3차원적인 관념을 넘어선, 막연하지만 그 무엇의 형상이
느껴지기도 합니다. 분주한 세속의 때가 엷어지는 듯도 합니다.
그런데 사찰을 떠나 시내버스를 타고 만나는 현실은 또 그런
독송으로는 해결되지 않을 만큼 충분히 복마전입니다. 진리라는
것이 첫눈 내리듯 살짝 모습만 보이고 허무하게 사라집니다. 경전의
말씀은 죄송하나 현실에서는 참으로 효율성이 떨어집니다. 이런
생각은 종교에 대한 공허함을 더욱 짙게 할 뿐입니다.

　　내가 학생들을 가르치던 고등학교 국어 교과서에도
색즉시공色卽是空이라는 「반야심경」의 구절이 몇 군데 나옵니다. 꽤
열심히 설명했지만, 나 스스로 젖어 있지 못하면서 학생들을 적실 수
없었다는 것이, 그때 내가 느낀 말의 한계점이었습니다.
　　청담스님의 『해설 반야심경』을 읽어보았지만 막막하기는 다를
바 없었습니다. 맨 땅에 물대기는 그렇게 무모한 것이었습니다.
흘러가기만 하고 스며들 줄 모르는 물은 다시 샘이 되어 솟아오를 수
없습니다. 나는 학생들의 샘이 되어 주지 못하는 절망을 「반야심경」을
통해 또 한 번 확인하게 된 것이 얻은 교훈이라면 교훈일까?
　　능인불교대학에서는 무엇에 도달하기 위해서는 우선 자신을
버려야 한다는 것을 가르쳤습니다. 그런데 나는 너무 자질구레한
것들에 집착하는 중독성이 남달리 강한 사람이라는 것을 확인했을
뿐입니다. 터럭 하나 버리지 못하는 참으로 뻔뻔스러운 중생으로,
말로 설명되지 않는 그런 것 앞에서 절망 비슷한 비감에 젖어야

했습니다.

'색불이공' '돈오점수' 이런 4차원의 말씀을 내 뜻대로 3차원적인 해석을 하기 또한 송구한 일입니다. 그래서 모르는 대로 넘어가는 것이 훨씬 현명하다는 것이 선각자들의 방편인 듯도 합니다. "아제아제 바라아제 바라승아제……", 이런 게송偈頌은 스님들도 구태여 해석하지 않습니다.. "가자 가자 어서 가자 저 언덕 너머" 이렇게 구체화시킬 때 독송의 묘미는 사라지고 맙니다. 화두話頭란 스스로 깨치는 넓은 외연外緣을 가지고 있습니다.

진리나 지식에 대해서 영원한 이방인, 타인일 수밖에 없을 만큼 나는 깨우치는 귀가 어둡습니다. 나는 겁이 나서 아무도 미워하지 못했습니다. 겁이 나서 나를 던져 불같은 사랑도 한번 하지 못할 만큼 사랑에도 서툴렀습니다.

"인생이라는 껍데기가 너에게 그렇게도 중요한 거냐?"고 부처님이 물을까 겁도 납니다. 그래서 기독교식 모태 신앙이 부러웠고, '나무아미타불 관세음보살' 열한자만 열심히 외우면 성불한다는 말에 희망을 걸기도 하지만, 하나도 실천을 못하고 있습니다.

계곡에 발을 담그면, 장마 끝난 물소리가 요란합니다. 내 귀에는 흐르는 그 대단한 물소리만 들립니다. 분명 거기에는 내가 못 듣는 다른 음성도 있을 것입니다. 내가 듣지 못하는 또 다른 부처님의 말씀은 무엇일까?

"이 녀석, 네 쥐꼬리만 한 지식을 가지고 나를 알려고 하지
말거라. 지식 또한 공空인 것인데, 하루살이가 어찌 내일을 알겠느냐.
잠자리가 어이 사계四季를 알겠느냐."

나는 3차원의 귀를 가졌고, 부처님, 예수님, 알라 같은 분들은
4차원의 입을 가지고 계시다는 것이 내 방황의 시발점입니다.

대법당 상단 연화대에 정좌하신 부처님은 무명無明에 허덕이는
내게 야단치는 법도 없습니다. 그저 사람 좋게 빙그레 웃으실
뿐입니다. 부처님이야 안타까울 것 없겠지만, 그래도 나는 조금은
젖어 살고 싶습니다. 뭔가가 아쉽습니다. 부처님은 또 내 속내를 읽고
한 말씀 툭 던질 겁니다.

"이 녀석아, 네 미망迷妄을 난들 어쩌겠느냐. 나는 이미 네 갈 길을
다 가르쳤느니라."

개심사를 오르는 돌계단, 백양사에 이르는 길가의 실한 머슴 같은
전나무. 늦은 봄까지 무릎 넘는 깊이의 눈으로 속세와 절연한 오대산
상원사. 모두 세속의 삶에 지친 몸과 마음을 달래주기에 모자람이
없는 가람이요, 대자연입니다. 그곳에서 더 이상 나는 낯선 존재가
되기는 싫습니다. 육십 평생을 그랬으나 남은 세월은 신심信心을 갖고,
나를 던질 줄도 알았으면 좋겠습니다. 개 머루 먹듯 여기저기 절 집
구경이나 하면서 그 닫힌 문 앞에서 서성이는 중생의 무지함을 이제
벗었으면 좋겠습니다.

주지 스님의 눈

시끄러울 만큼 산새들의 울음이 가득했던, 주지 스님의 양지 바른 방—아무 장신구도 없이 콩댐으로 유난히 반질거렸던 넓은 방— 어떤 마음도 담지 않았던 스님의 무심한 눈을 나는 아직도 생각할 적이 많습니다.

객기였을까? 공부를 한다고 이불 보따리를 짊어지고 고향 주변에서는 가장 유명한 사찰인 강원도 원주의 치악산 구룡사雉嶽山九龍寺를 찾아 대학 시절의 겨울 한 철을 지낸 적이 있었습니다.

어느 날 『채근담』을 읽고 있는데, 한 스님이 말을 걸어왔습니다. 쉰이 넘었을까? 스님의 나이는 종잡을 수 없었습니다. 그분이 주지 스님이라는 것도 나중에 알았습니다.

"좋은 책을 보시는구면. 마음을 다스리는 데는 그만한 책도 찾기 힘들지요. 그래, 시험 준비는 잘 되고요?"

스님은 나를 고시 준비생으로 지레 짐작하고 있었던 것입니다. 그때, 1960년대에는 고시 준비하는 사람들이 명산대찰을 찾아 공부하는 것은 흔한 시절이었습니다.

나는 국문과 학생이며, 책이나 좀 읽을까 해서 절을 찾았다고 했더니 스님은 더욱 흥미가 당기는지 내 얼굴을 찬찬히 뜯어보는 것이었습니다.

"너무 흘렀어. 그러나 막힌 것보다는 낫겠지……."

혼잣말을 남기고 스님은 저만치 걸어가고 있었습니다.

며칠 후 스님이 보자는 전갈을 보내왔습니다. 유난히 아침 햇살이 밝게 퍼져 있는 스님의 방을 찾았을 때, 스님은 『채근담』의 한 구절을 옮겨 쓰고 나서 붓을 든 채 혼자 음미하고 있었습니다.

心不可不虛^{심불가불허} 虛卽義理來居^{허즉의리내거}

마음을 비우지 않을 수 없으니, 비면 정의와 진리가 와서 산다.

心不可不實^{심불가불실} 實卽物慾不入^{실즉물욕불입}

마음을 채우지 않을 수 없으니, 차면 물욕이 들어오지 않는다.

내 인기척을 느끼고도 그분은 그 무심한 눈을 옮기지 않은 채 입을 열었습니다.

"학생의 상(像)은 모든 것이 미완성으로 나타납니다. 눈썹이 희미하고 입술의 선도 없습니다. 아무 것도 그 얼굴에는 머물러 있을

27

수가 없습니다. 이런 상을 가지고 태어난 사람은 무엇을 이룩하기가 대단히 어렵습니다. 무엇이 되려고 애쓰는 것보다는 매일 매일을 성실하게 살아가겠다는 마음의 준비가 필요합니다. 삶에 욕심을 부리면 건강을 크게 다칩니다. 학생의 얼굴은 웃는 상인데 눈은 차갑습니다. 아무것도 사랑할 수 없는 상입니다. 더욱 더 겸손한 마음을 내면에 키우지 않으면 큰 슬픔이 생길 상입니다. 우리 절을 찾는 학생들이 다 법관이 되겠다는 무서운 야심으로 뭉친 사람들이라 틈이 없는 상을 하고 있는데, 학생 같이 여유 있게 책을 읽고 있는 사람을 보니 마음이 좋아져서 헛된 말을 던져본 것입니다. 아무 것도 모르는 산사람의 말이니 마음 쓰지 마세요."

구룡사에서 한 겨울을 보내는 동안 나는 한평생 볼 수 있는 눈보다 더 많은 눈을 보았습니다. 얼음 틈새로 흐르는 청아한 물소리는 자연과 나눌 수 있었던 완전한 만남이었습니다.

그러나 구룡사에서 지낸 한 달이 문득문득 기억나는 것은 이런 외적인 이유보다는 주지 스님의 예언과도 같은 말씀이 항상 내 삶과 더불어 같은 궤도를 달리고 있다는 엄숙한 현실 때문입니다.

스님과 여러 번 대화를 나눈 것은 아니었습니다. 원래 내 성격이 스스럼없이 남을 찾는 주변머리도 없을 뿐더러, 산사람들은 말을 줄이는 것도 수도의 일환인 이상 그분들을 방해해서는 안 되겠기 때문에 나는 애써 스님을 찾는 것을 자제했습니다. 이미 스님의 그 한 말씀만으로도 나는 충분히 감동되어 있었고, 주눅이 들어 있기도 했으니까요.

고백하거니와 지금까지의 내 생활은 매일 매일을 애써 살아 갈 것이라는 스님의 예언을 크게 벗어나지 못했습니다. 나는 항상 좋은 선생님보다는 좋은 소설가가 되고 싶었습니다. 그러나 교직에 종사하다보니까 온통 학교 일만이 나를 사로잡아서 내가 되고 싶은 것은 우선 보류할 수밖에 없었습니다. 항상 발등에 떨어진 불을 끈 다음 조용한 시간에 아주 편안한 마음으로 정성 들여 글을 쓰리라 생각했습니다.

그러나 지금껏 살면서 글을 써도 좋을 만큼 여유 있는 시간을 낸 적이 한 번도 없었던 것을 보면 애초부터 나는 글을 쓰기에 부적합한 사람으로 태어난 것인지도 모를 일입니다. 나는 변명처럼 소설가가 못 되는 것은 나 개인의 일이지만, 성실하지 못한 교사가 된다면 나로 인해 많은 학생들이 희생 당해 어쩔 수 없노라고 스스로를 위안하기도 하지만.

아직까지도 시장기처럼 무엇을 쓰고 싶어지다가도 그 스님의 무심을 담은 눈을 생각하면 내 힘에 벅찬 일을 하려는 발버둥이 아닌가 하여 주저할 때가 많습니다. 어쩌면 스님은 애초에 내가 글 쓸 재목이 못되는 것을 간파하시고 우회적으로 현실에 최선을 다하라는 말씀을 하셨으리라는 생각을 떨쳐버리기 어렵습니다.

하산 전 날 인사 차 찾았을 때 스님은 짧은 법어 같은 한마디를 내게 건네주셨습니다.

"받되 주는 사람이 즐거울 수 있어야 하며, 주되 그 마음이 기쁠 수 있어야 합니다. 그렇지 못하기 때문에 주고받는 일이 이해타산에 매이는 법입니다."

스님의 그 무심한 눈으로 하직을 받으며 나도 스님의 나이쯤 되면 저런 초월의 눈을 갖게 될 수 있어야 하겠다는 생각을 했습니다.

그러나 세월이 많이 흐른 것 같지도 않고, 그때보다 별로 더 많은 일을 한 것 같지도 않은데, 내가 벌써 그때 스님의 나이가 돼 가고 있습니다. 나는 아직도 그 산사에서 책을 읽던 그 마음 그대로 매일 매일이 혼란스럽고, 내 얼굴은 한 번도 희로애락을 감추지 못하고 있습니다. 사람이 나이를 먹는다고 다 그 나이값을 할 수는 없는가봅니다.

다만 어렴풋이 이해할 수 있겠거니와 그때 그 스님이 지녔던 그 무심의 눈은 그분이 산중에서 닦아온 도의 결정이었을 것이니, 속세에서 살아온 때 묻은 사람이 죽을 때까지 흉내낸다고 해서 한 순간인들 닮을 수 있겠습니까?

벌써 30년이 지났으니 스님의 무심한 눈은 이 세상을 떠나 치악산 계곡에 유난히 아름다운 눈꽃으로 남아 있을 것이 틀림없습니다.

김삿갓 묘를 지나며

2016년 5월 18일. 청령포 단종 어소端宗御所를 보고, 버스는 김삿갓 묘로 향했습니다. 누군가, 우리 할배 묘도 찾아보지 못하는데 거긴 왜 가느냐는 혀 꼬부라진 소리를 했습니다. 우리 모두는 환하게 웃었습니다. 여행이란 이런 의외성이 있어 피로가 가십니다. 가슴이 뛰는 여행도 있었는데, 이제는 다리가 떨리다니… 그래도 늦게나마 삿갓으로 하늘을 가리고 살았던 그분의 행적을 더듬을 수 있는 것은 다행한 일이었습니다.

김삿갓(김립金笠, 김병연金炳淵 1807~1863)은 경기도 양주에서 출생하였고 호는 난고蘭皐입니다. 그의 조부되는 김익순은 평안도 선천부사宣川府使로 있었는데, 1811년(순조 11) 홍경래의 난 때 반란군에 투항한 죄로 난이 평정되자 죽임을 당합니다. 원래는

역적의 가솔이니 삼족이 다 처형될 일이나, 당시 하늘을 찌르는
안동김씨의 세도 덕에 당사자인 김익순만 처형되었습니다. 가족은
황해도 곡산^{谷山}으로 피신했다가 다시 강원도 영월로 이사하였습니다.

20세가 된 김병연은 영월에서 치른 향시^{鄕試}에 나가 장원을 하는데
그때 과거 시제가 '정가산의 충성스러운 죽음을 기리고, 김익순의
죄를 꾸짖으라'는 것이었습니다. 김익순이 할아버지인 것을 모르는
김병연은 "너의 혼은 죽어서 저승에도 못 갈 것이니 지하에도 선왕들이
계시기 때문이다. 이제 임금의 은혜를 저버리고 육친을 버렸으니 한번
죽어서는 그 죄가 가볍고, 만 번 죽어 마땅하다"고 김익순의 죄를
논박하였습니다.

장원의 기쁨도 잠시, 숨겨온 가문의 내력을 어머니로부터
들은 그는 불충불효의 죄인임을 통절합니다. 갓으로 얼굴을
가리고 삼천리 방방곡곡을 방랑하며 이런저런 자조적인 시로
자신의 천재성을 연소했습니다. '구만리 장천에 머리도 못 들겠고,
삼천리 넓은 땅에 발도 못 뻗겠구나(九萬長天擧頭難^{구만장천거두난}
三千地闊未足叙^{삼천지활미족서})' 이 한 구절이 김삿갓의 깊은 우수를 잘
대변합니다.

57세에 전남 화순에서 객사한 그를 아들이 모셔와 영월에
안장했는데, 이를 기념하여 2009년 영월군 하동면을 '김삿갓면'으로
행정구역 명칭을 바꾸었습니다. 우리나라 최초의 일입니다.

김삿갓문학관에서 노루목 다리를 건너면 김삿갓문학공원이
나오고, 그 동편 기슭에 무덤이 아담하게 장식되어 있었습니다.

바위마다 그의 시를 새겨 놓았는데 온통 풍자시 천지였습니다.
하늘이 내린 천재성이 불우한 가문의 내력에 꺾여 김삿갓은 삼천리
방방곡곡을 떠돌며 풍자와 야유로 자신을 학대했던 표적들입니다.
바위의 풍자시 몇 편을 소개합니다.

첫수는 초라한 행색으로 환갑잔치 집에서 푸대접을 받다가 그가
시인임을 알고 축하시를 부탁받고 쓴 시입니다.

'저기 앉은 저 늙은이 사람 같지 않도다' 아들의 얼굴이
이지러집니다. '하늘에서 신선이 하강했도다' 아들의 얼굴에
화색이 돕니다. '눈앞의 일곱 아들 모두 도둑이로다' 다시 아들은
발끈합니다. '하늘에서 천도복숭아를 훔쳐다 아버님을 봉양했도다'
이리하여 김삿갓은 이 환갑잔치 집에서 융숭한 대접을 받았음은
물론입니다.

둘째 수는 임진강을 건너 개성을 찾다가 한 민가에서 푹푹 쉰밥을
대접받고 쓴 시입니다. 여기 나오는 스무나무는 예전에는 이정표로
심었다는 이야기도 있습니다.

二十樹下三十客이십수하삼십객 四十家中五十食사십가중오십식
스무 나무 아래 서 있는 서러운 나그네에게
이 망할 동네에서는 쉰밥을 주는구나
人間豈有七十事인간기유칠십사 不如歸家三十食불여귀가삼십식
사람 사는 세상에 어찌 이런 일이 있으리요
집에 돌아가 설익은 밥을 먹음만 못하구나

한자의 음과 뜻을 이용하여 마을 인심을 희화한, 김삿갓이 아니면 쓰지 못할 절창입니다. 칠언절구로 압운 자까지 제대로 맞춘 한시이면서 발상의 전환이 무궁무진합니다.

셋째 수는 함흥 기생 '가련可憐'과의 사랑과 이별을 쓴 시입니다.

可憐門前別可憐가련문전별가련 可憐行客尤可憐가련행객우가련
가련의 문 앞에서 가련과 이별하려니
가련한 나그네의 행색이 더욱 가련하구나.
可憐莫惜可憐去가련막석가련거 可憐不忘歸可憐가련불망귀가련
가련아, 가련한 이 몸 떠나감을 슬퍼하지 말라.
가련을 잊지 않고 가련에게 다시 오리니.

20세부터 40여년 가까이 전국 방방곡곡을 유람한 그였으니 여인과 얽힌 사연인들 없겠는가만, 그는 사랑에 안주할 팔자도 못 되는 듯 정 들자 또한 떨치고 지나쳐야 하는 서글픔을 시로 노래한 것입니다. 그 여인의 이름이 '가련'이지만, 김삿갓 자신 또한 가련한 신세임이 분명합니다. 슬프고 가련한 사람을 위한 가련한 시의 절창입니다.

이와 비슷한 시로 서당 훈장에게 푸대접 받고 나서 야유한 작품이 있습니다.

書堂서당은 乃早知내 조지고 房中방중은 皆尊物개존(조)물이로다.

서당 인심이 고약한 것은 내 일찍부터 알았는데,
방안 학생들은 모두 잘난 척만 하는구나.
生徒생도는 諸未十제미십인데 先生선생은 來不謁내 불알이구나
학생은 모두 열 명도 안 되는데,
선생은 나와 보지도 않네

마지막으로 김삿갓 자신의 뜻을 읊은 「대타령」 또한 회자되는
명편입니다.

此竹彼竹化去竹차죽피죽화거죽 風打之打浪打竹풍타지타랑타죽
이대로 저대로 돼가는 대로 바람 부는 대로 물결치는 대로
飯飯粥粥生此竹반반죽죽생차죽 是是非非付彼竹시시비비부피죽
 밥이면 밥 죽이면 죽 이대로 살아가고 옳으면 옳고
그르면 그른 것도 저대로,
賓客接待家勢竹빈객접대가세죽 市井賣買歲月竹시정매매세월죽
손님접대는 집안 형편대로 장에서 매매는 시세대로,
萬事不如吾心竹만사불여오심죽 然然然世過然竹연연연세과연죽
만사는 내 마음대로 되지 못하니
그렇고 그런 세상을 그런대로 지내리라.

무심한 과객들이야 지나치며 과거 탄광촌이었던 첩첩 산중
영월로만 알고 있지만, 김삿갓의 사연과 함께 단종의 이야기는

영월이 지닌 역사에 관심 있는 사람들에게는 빼놓을 수 없는 슬픈
전설입니다. 청룡포에 유배되었던 단종은 한여름 장마로 물이 붇자
영월 읍내 광풍헌으로 옮겨 사약을 받습니다.

> 달 밝은 밤 두견이 우는데
> 근심 품고 누대에 기대섰네
> 네가 슬피 우니 참으로 듣기 괴롭구나
> 네 울음소리가 없다면 나도 근심이 없으련만
> 세상의 괴로운 사람들이여
> 부디 춘삼월 두견이 우는 누대엔 오르지 말게나.

어린 단종이 자규루에 올라 지었다는 이 「자규사」는 오늘도
지나가는 나그네의 마음을 아리게 합니다.
김삿갓이나 단종 두 분 모두 자신이 지은 죄가 아닌데도
감당하기 힘든 형벌을 받아 이승을 하직해야 했으니, 천도天道가 어찌
이리 무심한 것인지 인생사가 더욱 궁금해집니다.

인의예지 仁義禮智

광화문은 임금님만이 드나들 수 있는 경복궁의 정문입니다.
대소 관원은 궁의 좌우로 난 대문을 통해서 궁궐을 드나들었습니다.
막비왕토莫非王土 3천리 강토 어딘들 왕의 땅이 아니겠습니까만, 조선
500년 동안 이렇게 문 하나 통과하는데도 원칙과 격식이 있었습니다.
동쪽(삼청동 쪽) 건춘문은 왕실 종친이 드나들던 로열패밀리를 위한
문이었고, 서쪽 영추문은 만조백관이 금관조복을 입고 임금님을
알현하던 관리들의 문이었습니다.

연추문(영추문) 들이다라 경회 남문 바라보며 하직하고 물러나니
옥절이 앞에 섰다.

고등학교 교과서에도 나오는 「관동별곡」의 한 구절, 정철도 이

문으로 달려들어가 강원 관찰사의 직함을 받고 아마 경회루 연회에서 임금님이 내리는 술 한 잔에 감격했을 겁니다. 경회루의 '루'는 지상 한 길 높이에 마루를 깐 건축 양식입니다.

한양 도성의 4대문 중 정문은 남쪽문인 숭례문입니다. 군자남면君子南面, 임금님은 남쪽을 향해야 하는 조선 왕조의 법도에 따라 광화문의 연장선상에 숭례문이 남쪽으로 열려 있습니다. 그런데 동서남북으로 난 4대문의 명칭에도 조선 시대의 철학이 내재해 있습니다.

홍인지문興仁之門, 돈의문敦義門, 숭례문崇禮門, 숙정문肅靖門(소지문炤智門)의 4대문 명칭은 '인의예지' 돌림입니다. 숭례문의 '예'는 맹자의 사단四端으로 볼 때 사양지심辭讓之心에 속합니다. 형제간의 아름다운 우애를 담은 "형님 먼저 아우 먼저" 하던 옛이야기 같은 순박한 마음으로 이 나라 백성들은 숭례문을 드나들었던 것입니다.

지금 강북 삼성병원 아래의 고개에 있었던 서대문(돈의문)은 위치가 마땅치 않았던지, 조선 개국 초기부터 한두 차례 헐었다 다시 옮겨 지은 것으로 전해집니다. 그래서 사람들은 서대문을 새문新門이라 했던 것 같습니다. 지금의 구세군 회관 근처가 '새로 지은 문'의 뜻인 신문로(새문안길)로 불리는 것은 그러한 역사적 사실과 관계가 있습니다.

이 서대문을 나서면 도성 밖 경기 감영이 자리잡고 있었습니다. 지금의 적십자병원이 그 터입니다. 그 건너편 농협중앙회나, 문화일보 자리쯤에 김종서 장군의 저택이 있었다는 문화재 표시석이 세워져 있습니다.

서울에는 4대문과 더불어 또 한 개의 누각이 있습니다. 종로 한
복판에 커다란 종을 매달아 놓고 종루라 부르다 고종 때 2층 누각을
올리고 보신각普信閣이라 했습니다. 구름처럼 상가가 운집했다 하여
운종가雲從街라 부르다가 개화기 이후 종로鐘路라는 명칭이 성했습니다.
종로라는 이름은 이 종루에서 파생된 것이라는 연구도 있습니다.
여기서 울리는 종소리에 따라 4대문이 열리고 닫히고 했습니다.
서울의 한복판은 이렇게 종로인데, 일제 시 일본인들이 많이 살던 명동
일대를 중구라 한 것이 그대로 굳어졌다는 설도 있습니다.

보신각에서는 2경 3점二更三點(밤 10시경)에 통금을 알리는
인경人定을 쳐 잡인을 금했습니다, 통금 이후에 거리를 어슬렁거리는
행인이 있으면 잡아다 곤장을 쳤습니다. 새벽 5경 3점(오전 5시)에
통금 해제罷漏의 종을 치면 부지런한 인왕산 나무꾼이 제일 먼저
도성으로 들어와 땔감을 팔았고, 서강쪽 칠패 시장의 어물이
들어오기도 했습니다. 내가 어릴적만 해도 오포라 하여 낮 12시에는
사이렌이 울렸습니다. 그러면 많은 사람들이 그 소리에 맞춰 시계
바늘을 제자리에 돌려놓기도 했습니다.

4대문의 '인의예지仁義禮智'와 보신각의 '신信'을 합치면 유교
사회의 보편적인 진리였던 오상五常이 됩니다. 저녁에 28번 종을
쳐 일월성신(28수宿)에게 백성들의 안녕을 빌고, 새벽에는 33번
타종하여 33천(도리천)에 국태민안을 기원하는 보신각의 종소리는
백성을 근심하던 임금님의 어진 마음(측은지심惻隱之心)의 표상이었을

것입니다.

어찌 이런 착한 보살핌 없이 조선이 500년의 긴 역사를 누릴 수
있었겠습니까?

종묘는 조종朝宗을 봉안하여 효성과 공경함을 높이는 것이요
궁궐은 국가의 존엄성을 높이 보이고 정령政令을 내리는 것이며
성곽은 안팎을 근엄하게 보호하고 나라를 굳게 지키는 것으로,
이 세 가지는 나라를 가진 사람들이 제일 먼저 해야 하는
것입니다.

- 태조실록 1394. 11. 3. 도평의사사의 보고

좌청룡 우백호

　　명당을 이야기하면 빠지지 않고 등장하는 말이 장풍득수藏風得水와 배산임수背山臨水입니다. 바람을 피하고 샘이 솟는 명당이기 위해서는, 뒤로는 산이 북풍을 막아주고 앞으로는 강이 흘러 용수가 편리해야 합니다. 천문天門은 넓고 지호地戶는 좁아야 길지吉地라 했습니다.

　　서울로 흘러드는 한강(천문, 남동)의 상류는 질펀하고, 도심을 관통하는 청계천(지호, 북서)은 닫혀 있는 형국입니다. 이런 점에서 경복궁은 명당 중의 명당입니다. 뒤로는 백악(북악산)이 우뚝하고 낙산과 인왕산을 좌청룡 우백호로 끼고 있으니까요. 북악에 올라 남쪽을 조망하면 목멱산(남산) 너머로 보일 듯 말 듯 굽이굽이 한강이 흐릅니다. 가히 젖과 꿀이 흐르는 천년 승지임이 분명합니다.

　　'한양漢陽'이란 이름은 이 '한강의 북쪽'이란 뜻입니다. 이태조가

이곳에 정도하면서 '한성'이라 했고, 일제 때는 '경성'이라 하다가
1945년 마침내 '서울'이란 이름을 얻게 됐습니다.

그런데 형님격인 좌청룡, 낙산駱山의 왜소함이 풍수지리 입장에서는
약간의 문제가 있었던 것 같습니다. 350m에 달하는 북악산,
인왕산과 달리 낙산은 125m밖에 되지 않을 뿐더러 산세도 빈약하기
그지없습니다. 지금도 혜화역 동쪽 대학로 뒷산, 낙산공원으로 겨우
명맥을 유지할 뿐 주변은 모두 택지가 들어서서 산의 본래 모습을
다 잃어버렸지만, '수선전도首善全圖' 같은 옛날 지도에 나오는 낙산도
섬처럼 작은 봉우리로 그려져 있습니다.

반면 인왕산은 호랑이가 살만큼 꽤 깊은 산이었습니다. 초등학교
교과서에 실렸던 강감찬 장군이 호랑이를 꾸짖던 전설 같은 이야기는
아직도 기억에 생생합니다.

현재 인왕산 산책로 곳곳에는 서울의 수호신으로 호랑이 모습이
여러 군데 조각되어 있는 것 또한 인왕산이 제법 깊은 산 구실을
했다는 역사적 사실을 상징하고 있습니다. 이런 인왕과 낙산 두
산의 모습은 아우가 형을 능가하는 형세입니다. 그래서 그런지 장자
계승권이 확실한 조선조에서 큰아들이 임금이 된 분은 7분밖에
없으며 이들도 문종, 인종 같이 단명하거나 단종 같이 불우한 경우가
많았습니다.

이렇게 경복궁을 보호하는 좌우 산의 잘못된 형세를 피하기
위해 무학대사는 인왕산을 주산으로 하고 백악을 좌청룡, 남산을

우백호로 해서 궁궐을 지어야 한다는 의견을 펴기도 했습니다.
그러나 정도전이 임금은 남쪽을 향해 앉아야 한다는 성리학적
교리를 주장하면서 북악산이 진산(주산)이 되고 오늘의 경복궁이
탄생했습니다.

그 대신 낙산의 지세가 약한 것을 보충하기 위해서 동대문의
명칭을 '흥인지문'이라 하여 다른 문보다 한 글자를 더 보태고
문 동쪽으로 타원형의 옹성을 쌓기도 했습니다. 일설에는 之의
형상이 산이 꿈틀거리며 뻗어나가는 모습이라 낙산의 약한 산세를
보충한다고도 합니다.

그리고 남산의 외산外山인 관악산에서 뿜어 나오는 화기를 막기
위해 경복궁 앞에는 해치(해태)를 앉혀 놓고, '숭례문'이란 현판도
세로로 세워 달아 화기를 눌러서 도성의 결함을 바로잡았습니다.

백악 밑에 경복궁이 있다면 경복궁의 연장선상 동쪽,
응봉鷹峰(지금의 와룡공원)의 줄기 아래 창덕궁이 지어졌습니다.
그래서 동궐이라 부르기도 했습니다.

태종은 형제들과 골육상쟁을 펼쳤던 경복궁을 피해 창덕궁을
짓고 여기서 정사를 보았습니다. 또한 이 응봉의 줄기 아래 문묘文廟가
자리했습니다.

공자님과 해동 18현을 모신 대성전, 퇴계, 율곡이 공부하던
명륜당도 명당의 기운이 완연합니다. 이 자리가 바로 현재의
성균관대학입니다.

박근혜 정부가 시작되면서 영의정(국무총리)과 도승지(대통령 비서실장)가 성대에서 배출됐으니, 이 또한 명당의 음덕이라 하면 견강부회牽强附會이겠지요?

종묘사직 宗廟社稷

조선 500년 동안 충성스러운 신하의 입에서는 '종묘사직'이란 말이 참으로 많이 쏟아졌습니다. 임금님이 조금만 원칙에 어긋나게 행동하면 "이 나라의 종묘사직을 위해서 통촉하소서."라는 말이 끊이지 않았고, 기쁜 일이 생기면 종묘사직을 위한 임금님의 홍복洪福이라 하며 군주와 신하 모두가 기뻐했습니다.

임진왜란 당시 그 어설프고도 서툴렀던 몽진蒙塵 길에도 소중히 모시고 다녔을 만큼 선왕의 위패는 대단했고 전란에 똑같이 소실된 궁궐보다, 종묘를 먼저 중축하여 위패를 모셨을 만큼 조선의 종묘사직을 받드는 의식은 지극했습니다.

유교적인 인생관에 의하면 사람이 죽으면 혼魂과 백魄으로 나뉩니다. 육체를 잃은 혼은 신주에 의탁해 종묘宗廟에 모시고 영혼을 잃은 육신(백魄)은 능묘陵墓에 안장했습니다. 조선 건국

초에 가장 먼저 한 건축 공사가 경복궁의 좌우로 나란히 종묘와 사직단을 짓는 일이었습니다. 왕과 왕비의 신위를 봉안한 종묘의 정전은 단일 건물로는 그 길이가 가장 긴 101m로 국보 제227호로 책정되었습니다. 그런데 종로 3가 4가 사이에 있는 종묘의 신세가 현시점에 와서 참으로 묘하게 되었습니다. 그 정문 앞은 오갈 데 없는 노인들이 소일하는 초라한 광장이 되었고, 뒷부분은 일제 강점기 시절부터 창경궁과 떨어져 나가 왜소하게 되었습니다.

현재 율곡로를 지하로 내리고 위는 덮어, 종묘와 창덕궁을 잇는 공사가 한창이니 늦었지만 다행한 일입니다.

태조 이성계에게는 종묘만큼 자신이 죽어 묻힐 묘 자리도 중요했을 것입니다. 지금의 동구릉 자리에 터를 잡고(건원릉^{健元陵}) 돌아오는 길에 산마루에서 땀을 닦으며 이제 나라의 백년대계가 완성됐다, 걱정을 잊었다 하여 그 고개가 망우리^{忘憂里}란 이름을 얻었다는 속설(?)도 있습니다. 그런데 태조 이성계는 죽으면서 자신을 고향에 묻어달라고 했던 것 같습니다. 그래서 함경도에 모시지 못하는 대신 영흥의 흙과 억새풀을 떠다가 무덤을 치장했습니다.

지금도 태조의 건원릉은 다른 무덤과 달리 봉분 위에 억새가 우거져 있습니다. 다른 이야기로는 신덕왕후 강씨가 죽자, 정릉(현재 중구 정동)에 장사 지내면서 그곳에 자신의 무덤도 조성했다는 말도 있습니다. 이렇게 역사란 시간이 흐르면서 전설이 돼 가는 것인지도 모르겠습니다.

　죽은 임금님의 육신이 묻혀 있는 동구릉, 서오릉 등지에 산재한 조선 왕릉 40기와, 역대 임금의 위패가 봉안된 종묘는 유네스코 세계문화 유산에 등재된, 세계가 인정한 우리 민족의 소중한 문화유산입니다.

　좌묘우사左廟右社라는 당시의 법도에 따라 동쪽에 종묘를 모신 것처럼 서쪽에는 사직社稷단을 세웠습니다. '사직'이란 단어에는 흙 土토, 벼 禾화, 밭 田전 자가 들어 있습니다. 농자천하대본을 외치던 농업 국가답게 조선은 토신과 곡신을 중요시했습니다, 인왕산 아랫자락, 지금의 사직공원 터에 사직단을 짓고 풍년을 비는 제례를 왕이 직접 올렸습니다.

　서울의 동서남북 사방에서 퍼온 흙으로, 동서 양쪽에 가지런히 두 개의 장방형 단으로 조성하였으니 동쪽은 토지신을 모신 국사단國社壇이고, 서쪽에 있는 것이 곡식의 신을 모신 국직단國稷壇입니다. 이 둘을 합쳐 사직단이라 했습니다.

　그곳에 가면 오염되지 않은 600년 전 토양을 접할 수 있을 겁니다. 사직단의 연장선상에 동대문 밖 제기동의 선농단先農壇이 있습니다. 왕이 친경親耕하여 거기에서 나온 소출로 농업의 신인, 신농神農과 후직后稷에게 제사 지내던 곳입니다. 이 때 여러 사람들이 소뼈를 곤 국에 밥을 말아 먹었다는 '선농탕'이 오늘에 '설렁탕'이 되었다고도 합니다. 성북구 성북동에는 선잠단이 있었습니다. 왕비가 친히 납시어 누에의 신에게 풍작을 비는 의식을 행하던 곳입니다.

1897년, 고종은 조선호텔 터에 환구단을 세우고 대한제국을 선포했습니다. 환구단은 황제가 하늘에 제사 지내는 장소입니다. 비로소 이 하늘이 조선의 하늘이 된 것입니다. 일제가 들어서면서 이 환구단을 헐어 철도호텔을 지었고, 그 터에 지금 조선호텔이 들어섰습니다. 환구단이 없어진 한 옆으로 이제는 신위를 모시던 황궁우皇穹宇만 섬처럼 남아 있습니다.

천 년 사직이 남가일몽이었고 태자 가신지 또 다시 천년이
지났으니 유구한 영겁으로 보면 천 년도 수유던가

정비석의 수필 「산정무한」의 끝 구절입니다. 종묘사직을 외치던 그 충성스러운 신하들의 기백이 이제는 백 년 전, 천 년 전의 공허한 외침으로밖에 이해되지 않으니, 21세기를 살아가는 소시민들에게는 종묘사직이란 그저 사극 속에서만 전해지는 잃어버린 유산으로 여겨지는 것은 아닐까 염려됩니다.

구중궁궐 九重宮闕

임금님이 계신 곳을 흔히 구중궁궐, 구중심처라 합니다. 우리가
대궐이라 부르는 임금님의 거처가 참으로 깊숙이 자리잡고 있다는
말일 겁니다. 조선의 법궁法宮인 경복궁만 하더라도 겹겹이 가려진 여러
개의 문을 통과해야 임금님을 만날 수 있습니다.

한양성의 정문 남대문(숭례문)과 경복궁의 정문 광화문을
들어서면 다시 흥례문이 기다리고 있습니다. 흥례문을 지나 근정문을
들어서야 경복궁에서 제일 주요한 공간인 근정전勤政殿이 나타납니다.

이 근정전은 제왕의 즉위식을 거행하고, 신년 하례를 받으며
외국 사신을 접견하는 행사장입니다. 그 앞에는 박석薄石이 깔린 넓은
마당이 있고, 정일품 종삼품 하는 품계석이 있습니다. 동쪽에는
문신, 서쪽에는 무신이 도열하여 양반兩班이란 말이 생겼고, 이 광장을
조정朝廷이라 부르면서 '조정'이란 보통명사가 생기게 되었습니다.

모름지기 임금은 아침에는 부지런히 정사를 돌보고, 낮에는
부지런히 어진 이를 만나고, 저녁에는 부지런히 법령을 다듬어야
한다는 의미에서 '근정전'이란 이름을 정도전이 지어 올렸습니다.
여기에다 '을야지람乙夜之覽'이란 말도 보태집니다. 갑야(오후 7~ 9시)
까지 국사를 돌보고, 을야(밤 9~11시)에는 책을 읽어야 백성들의
참된 어버이가 된다는 뜻입니다.

근정전 뒤로 사정전思政殿이 있습니다. 사극 같은 데 자주 등장하는
편전便殿이 바로 이곳입니다. 이곳은 임금의 집무 공간입니다.
신하들을 만나고, 상소문을 읽고, 비답을 내리던 곳입니다. 임금이란
부지런히 정치를 해야 하지만(근정전) 또한 오로지 백성만을
생각해야(사정전) 한다는 것이 조선의 치국 이상理想입니다.
　　북경 자금성(고궁)의 정전正殿 이름은 태화전太和殿이고, 그 뒤의
궁전이 중화전中和殿입니다. 황제께서 지극한 태평을 누리라는 작명인데
비하여 정도전이 지어올린 근정전이나 사정전이란 명칭은 임금의
영광보다는 제왕으로서의 당위성을 강조하는 것 같습니다. 그래서
후에 태종이 된 이방원은 왕권을 펼치기 위해 정도전을 제거했는지도
모르겠습니다. 그 후 정도전은 오랫동안 나라의 죄인으로 있다가
대원군이 경복궁을 중수하면서 간신히 복권되었습니다.
　　조광조의 실패 또한 이와 비슷한 신권 강화를 꾀한 괘씸죄에
해당했는지도 모릅니다. 그러나 1592년 임진왜란 때 소실된 조선의
정궁 경복궁이 250여 년이 지난 1865년에 가서야 중건된다는 것은

그만큼 왕권이 약했다는 뜻도 될 것입니다.

경복궁의 근정전, 사정전까지가 공적인 공간이고 그 뒤로는
왕실의 사적 공간으로 강녕전康寧殿과 교태전交泰殿이 있습니다. 여염집에
비겨 말하면 강녕전은 임금의 거실격인 사랑채고, 교태전은 왕비의
침실이 있는 안채에 해당합니다. 교태전의 주인은 물론 왕비입니다.
내명부라 해서 여인들만의 공간입니다. 왕비 다음 서열은 빈嬪입니다.
희빈 장씨(장희빈)는 숙종의 아들 경종의 모친이고, 숙빈 최씨는
영조의 어머니였습니다. 이들의 품계는 정1품입니다. 다음이
종1품으로 귀인, 그 다음으로 숙의 소용 숙용 등으로 이어집니다.
사극에 많이 등장하는 상궁은 정5품, 꽤 높은 벼슬입니다.

경복궁에는 세자만을 위한 독립된 공간도 있습니다. 어진 성품을
기른다 하여 자선당資善堂이라 했는데, 근정전의 동쪽에 있다고 하여
동궁東宮이라고도 부릅니다. 떠오르는 해를 상징하여 동쪽에 자리
잡았습니다. 좌우 대칭형 건물로 가운데 대청이 있고 그 왼쪽 방에는
세자가, 오른쪽 방에는 세자빈이 거처했습니다. 문종은 이곳에서
28년을 왕세자로 살면서 단종을 낳기도 했습니다. 고종 때 경복궁이
중건되고 나서는 순종이 태자 시절을 이곳에서 보내기도 했습니다.
임금 부부가 사용하던 교태전의 전殿에 비해 세자 부부가 사용하던
자선당의 당堂은 서열상 한 단계 아래 건물임을 표시합니다. 경회루
할 때 루樓는 바닥에서 한 길 높이에 마루를 놓은 휴식 공간입니다.

경복궁의 정문 광화문光化門은 '빛이 사방을 덮고, 임금의 교화가
만방에 비친다(光被四表광피사표 化及萬方화급만방)'는 뜻입니다. 궁의
남쪽에 있다고 오문午門이라 하다가, 세종 때 집현전에서 지어
올린 이름입니다. 닫아서 세상의 속된 말이 들어오지 못하게 하고
열어서 사방의 어진이가 들어오게 하는 것이 궁궐에 세워진 문루의
역할입니다.

사정전에서 정사를 마치고 임금은 향오문을 지나 강녕전에
들어 휴식을 취합니다. 향오문嚮五門은 오복을 누리라는 헌사이고,
강녕康寧은 수壽, 복福 등과 함께 오복의 하나입니다. 강녕전에서 쉬던
임금은 왕비를 찾아 교태전으로 행차하기도 합니다. 교태전의 '태泰'는
건괘와 곤괘가 서로 어울리는 형상이니 구중궁궐 중에서도 가장 깊고
은밀한 공간입니다.

광화문에서 교태전에 이르기까지 이렇게 굽이굽이 막아서는
공간이 많으니 구중궁궐입니다. 이 때의 구九는 아홉의
뜻이라기보다는 무한대의 숫자를 상징합니다. 황하구곡이라 했는데
황하가 어찌 아홉 번만 꺾였겠습니까. 공자는 만절필동萬折必東이라
했습니다. 만 번 꺾여도 결국은 동으로 흐른다 하여 지조 있는 선비의
행실을 이야기하기도 했습니다.

역대 임금은 근정전에서 즉위하면서 사정전에서 부지런히 정사를
돌볼 것을 다짐하였기에 조선 500년 간난고초를 겪으면서도 나라를
지탱하였던 것이 아닐까 생각합니다.

황성 옛터

1392년 7월 17일, 태조 이성계는 개성 수창궁에서
공양왕으로부터 선위를 받습니다. 그러나 말이 선양이지 그의 손에는
정몽주를 비롯한 개성 귀족들의 피가 너무 진하게 묻어 있었습니다.
등극한지 한 달이 안 돼 한양漢陽 천도를 명할 만큼 그에게는 개성이란
곳이 불편했습니다. 원래 고려의 정궁은 만월대였습니다. 조선 초
원천석의 시조에서도 이미 폐허의 이미지가 가득하게 나옵니다. 일제
강점기에 이애리수가 불렀던 노래 '황성옛터'의 분위기도 황막하기
그지없습니다. 이 만월대는 공민왕 때 이미 소실되고 그 이후부터는
별궁인 수창궁이 정궁이 되었는데, 이 태조에게 이곳은 하루라도
더 머물기 싫은 복마전 같은 장소가 분명했을 겁니다. 원래 왕조가
바뀌면 수도도 옮아가는 것이 관례이기도 합니다.

이러저러한 사연 끝에 이 태조의 한양 행은 1394년 10월 28일에야

이루어집니다. 이때부터 부랴부랴 새 궁궐의 첫 삽을 떠서 1395년 12월에 이 태조가 경복궁에 입궁하게 되면서 경복궁은 조선 500년의 법궁으로 우뚝합니다. 그러나 이 경복궁만큼 500년 동안 모진 풍파를 견뎌낸 궁궐도 없습니다.

첫 번째 발단은 세자 책봉에서 비롯됩니다. 애초 정도전도 "장자를 세자로 세움은 형제간의 다툼을 덜기 위함이고, 현자를 세자로 세우는 것은 덕을 높이기 위함"이라 하였고. 문하시중(총리) 배극렴은 "시국이 평안할 때는 적장자를 세자로 세우고, 세상이 어지러울 때는 공이 있는 자를 세워야 한다"고 어전 회의에서 상주하기도 했습니다. 그러나 이 때는 본처 신의왕후 한씨가 죽고, 음으로 양으로 혁명을 도운 신덕왕후 강씨가 권력을 쥐고 있는 현실에서 이 태조는 신하들의 의견보다는 아내의 권유를 따라 막내아들 방석을 세자로 세웁니다. 이에 앙앙불락하던 이방원은 1398년 이복 아우 방석과, 방석을 돕고 있던 정도전을 도륙합니다. 이 충격으로 태조는 둘째아들에게 양위를 하는데, 이 분이 2대 임금 정종입니다. (첫째아들은 아버지 개국에 반대해 철원에 은거하다가 일찍 죽었습니다.)

1399년, 왕이 된 정종은 아버지 태조를 모시고 피비린내 밴 경복궁을 떠나 다시 개성으로 천도합니다. 거기서 1400년 2차 왕자의 난이 일어납니다. 이방원이 그의 형 방간을 죽인 것입니다. 그리고는 정종으로부터 양위를 받아 조선 3대 임금이 되어 다시 한양으로 돌아옵니다. 그러나 경복궁은 골육상쟁을 벌였던 끔직한 곳, 그래서 매봉 줄기를 타고 내려온 터에 새 궁궐을 짓습니다. 조선 왕조의 두 번째 궁궐 창덕궁입니다.

조선 세 번째 궁궐은 창경궁입니다. 양위 받은 세종이 아버지 태종을 이곳에 모시고 수강궁이라 했습니다. 그 뒤 숙종은 세 분의 대비(세조 비, 덕종 비, 예종 비)를 모시기 위해 수강궁을 증축하여 창경궁이라 명명했습니다. 이 창경궁은 훗날 사도세자가 뒤주에 갇히어 죽는 비극의 장소이기도 합니다.

네 번째 궁궐은 덕수궁입니다. 임진왜란에 경복궁, 창덕궁, 창경궁은 다 불타 없어졌기 때문에 서울로 돌아온 선조는 거처할 곳이 마땅치 않았습니다. 그래 임시 거처로 정한 곳이 지금의 덕수궁 터, 당시는 월산대군의 사저였습니다.

월산대군은 성종의 친형으로 살얼음판 같은 정치판에서 한걸음 물러나 자연과 벗했던 분입니다. 지금 하늘공원 못 미쳐 있는 망원정은 월산대군이 유유자적 자연을 즐기던 곳입니다. 선조가 이곳 임시 궁전에서 죽고, 광해군이 즉위하여 이듬해 중건한 창덕궁으로 옮기면서 이곳을 경운궁이라 이름을 내리고 훗날 다시 덕수궁이 됩니다.

마지막 궁궐은 경희궁입니다. 덕수궁에서 즉위한 광해군은

창덕궁을 중건하고 이어^{移御}했지만, 이곳에서 동복 친형인 임해군의
죽음을 보고, 어린 아우 영창대군을 강화도로 유배, 죽게 하는 등
창덕궁에 정을 붙일 수 없었습니다. 그런데 술사의 말이 인왕산
줄기를 탄 정원군의 집터에 왕기가 서려 있다는 말을 듣고 거기에
왕궁을 짓게 한 것이 경희궁입니다. 그러나 광해군은 이 궁궐의
완성을 못 보고 인조반정으로 쫓겨납니다. 얄궂은 일은 왕기가 서려
있다던 집터의 주인 정원군은 바로 인조의 아버지가 되는 분이니
풍수란 것을 믿어야할지 말아야 할지 묘한 일입니다.

경술국치 이후 일본 사람들이 경희궁을 허물고 그 터에 일본
학생을 위한 경성중학교를 세웠습니다. 광복이 되면서 교명이
서울중고등학교로 바뀌었습니다. 1970년대 초 서울고등학교가
강남으로 옮겨가고 지금은 정궁인 숭정전, 정문인 흥화문 등 몇 개의
건물만 복원돼 있습니다. 건축 당시는 이 흥화문과 운종가대로와
인접해 있었다고 합니다.

역사는 순환하는 것인지 임진왜란 때 불타 폐허가 된 경복궁은
250여년이 지난 고종 5년(1867년)에야 다시 중건됩니다. 그러나 그
곳에서 명성황후가 일제 자객에 의해 살해되고 고종황제는 러시아
공사관으로 피란(아관파천)을 했다가 경운궁(덕수궁)으로 옮겨가게
돼, 한동안 잊혀 있던 경운궁은 1897년 고종 황제가 대한제국을
선포한 역사적 장소가 되었습니다.

지금 대한문을 나서면 시청광장이 있고, 그 광장을 건너면

조선호텔이 있는데, 이곳이 바로 하늘에 대한제국의 탄생을 알린
환구단의 터이기도 합니다.

1907년 고종황제는 일제의 마수를 견디지 못하고 순종황제에게
양위를 하고 태상황이 됩니다. 새 황제가 된 순종은 창덕궁으로
옮겨가면서 아버지의 만수무강을 빌어 덕수라는 궁호를 내려,
경운궁이 덕수궁이란 새 이름을 얻었습니다. 1919년 고종은 이곳에서
돌아가시고 요원의 불길처럼 31독립만세가 터지게 된 역사적인
장소가 덕수궁입니다.

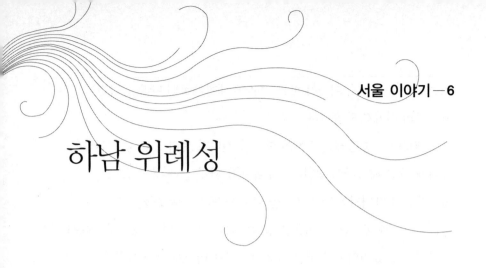

하남 위례성

    강원도 치악산의 최고봉 비로봉을 달리 시루봉이라고도 합니다.
을축년(1925년) 대홍수 때 치악산이 다 물에 잠기고 비로봉이
시루만 하게 떠 있어서 시루봉이란 이름이 생겼노라는 말을 치악산
구룡사 마을에 사는 촌로에게 직접 들은 적이 있습니다. 물론 허황된
이야기겠지만 을축년 홍수가 얼마나 대단했는지 생각하게 하는
민담입니다. 수치를 좋아하는 시류에 맞춰 을축년 대홍수를 이야기
하면 당시 피해액이 1억 300천 만 원이었는데 이는 1년 국가 예산의
58%에 해당하는 대 재해였습니다. 잠실나루역과 현대아산병원
사이에 성내천이 흐르는데 이곳 제방에 역대 홍수의 수위를 기록해
놓은 표지석이 이를 증언하고 있습니다.

    그런데 1925년 을축년에 서울 한복판을 휩쓸고 지나갔던 한강의

범람이 강동구 암사동에 이르러 기원 전 5천 년 전 선사유적의 잔해를
선보였고, 풍납동에 이르러 2천년 동안 잠들어 있던 '한성백제'의
유물을 토해 놓았으니 이는 역사의 아이러니일 것입니다. 지금 서울
일대가 7천 년 전부터 신석기 인류가 기거했던 삶의 터전이었다는
것을 을축년 대홍수가 증명해준 셈입니다. 하느님은 공평무사해서
무엇을 주기 위해서는 그만큼 거둬들이시는 건지도 모르겠습니다.

　　백제는 700년 역사를 지닌 왕조입니다. 그 중 온조왕이 건국한
기원 전 18년부터 개로왕이 고구려 장수왕과 싸우다 죽고 그
아들 문주왕이 웅진(공주)으로 천도한 475년까지 500여년 간
하남 위례성이 수도였습니다. 그런데도 한성백제 500년의 흔적은
풍납토성을 알리는 안내판 몇 개, 몽촌토성에 구비된 박물관
자료 그 정도 이상일 수 없는 것이 현실입니다. 이것은 학자들이
나태했다기보다는 정책적인 안목의 부재라고 생각합니다. 이웃
중국의 경우 동북공정이라 해서 남의 나라(고구려) 역사까지 자국의
것으로 끌어들이고, 고구려장성(박작성泊灼城)을 만리장성(호산산성)에
편입시키기도 하는데 우리 문화재청에서는 천호동 전철역
주변(풍납동) 십여 리에 언덕처럼 토성의 흔적만을 모셔두고 있는
것이 전부였습니다.

　　역사란 실재했던 것이지만, 후대에 재구성되지 않으면 아무도
그 존재에 대한 실감을 가질 수 없습니다. 경주 안압지가 새롭게
탄생한 것처럼 10리 길 풍납토성의 위용에 걸맞은 한성백제를

상징하는 조형물이 어떤 형태로건 재단장될 때 우리는 한성백제 500년을 실감할 수 있을 겁니다. 우중충한 암사동 집자리도 현대적인 기법으로 복원하여 신석기를 살아갔던 우리 선조들의 면목을 살려낸다면 서울의 역사는 7천년 8천년으로 거슬러 올라갈 수 있을 것입니다. 을축년 홍수가 한성백제의 민낯을 들어낸 100년이 되는 해쯤이면 풍납동 토성 근처에 예스런 대궐 한 채 꾸며지고, 온조왕 근초고왕이 자랑스럽게 정좌하시면 대한민국의 역사는 다시 한 번 진화할 것이란 생각을 해봅니다.

백제 남하 후 하남 위례성은 100년 가까이 고구려의 땅이 되기도 합니다. 남진 정책을 펼쳤던 장수왕은 백제 개로왕을 죽이고 한강 유역을 빼앗아 경기도 일대를 남평양이라 불렀습니다. 광진구 아차산성에서는 많은 고구려 유물이 발굴되었습니다. 고구려 대장간 터도 있고, 신라와 싸우던 온달장군은 이곳에서 전사했다는 기록도 이야기도 있습니다. 그러다가 신라의 진흥왕(540-576)은 고구려로부터 한강 일원을 확보해 북한산 비봉碑峰에 신라 영토임을 확인하는 순수비를 세웁니다. 백제 성왕은 한강 일원을 재탈환하기 위한 전투를 벌이다가 관산성(충북 옥천)에서 전사하기도 합니다.

서울 일원은 지정학적으로 내륙과 해상 교통을 이어주는 요지이기 때문에 이렇게 삼국의 격전장이 되었던 것입니다. 통일신라는 전국을 9주 5소경으로 나누었는데, 경기 황해 일대의 명칭을 한주漢州라 했고 서울 일대에 한양군漢陽郡을 설치했습니다. 한양이란 명칭이 최초로 등장한 것으로 보입니다. '산의 북쪽 강의 남쪽을 양이라 한다(山之北산지북 水之南수지남 日왈 陽양)'고 했으니 한양은 한강의 북쪽이란 이름으로 사용된 것입니다.

1392년 7월 17일 태조 이성계가 조선을 세웠습니다. 1394년 10월 28일 개성에서 한양으로 천도하고 1396년에는 약 18km에 달하는 성곽이 완성되고 4대문의 축조를 마쳤습니다. 그리고 서울을 5부 52방으로 구획하여 새로운 '한성부'를 건설했습니다.

한양이 막연한 지명이라면 한성이란 한 나라의 도읍지인 도성을 뜻합니다. 이 도성 밖은 경기도입니다. 원래 기畿란 서울을 중심으로 500리 이내의 지역을 뜻합니다. 임금 계시는 지역을 수호하고 제반 물자를 공급하는 부속 기관이 경기도입니다. 이렇게 한양군에서 한성부로 되었다가 일제 강점기에는 경성부가 되고 광복 후 1946년에 서울특별시로 거듭났습니다. 1943년 종로구, 중구, 서대문구, 동대문구, 성동구, 용산구, 영등포구의 7개구였던 것이 현재 25개구에 1천 만 명이 사는 600㎢에 달하는 거대도시가 되었습니다.

서울이란 말은 향가 「처용가」로 거슬러 오를 수 있습니다. 동경명기월량東京明期月良에서 동경을 새벌로 비슷하게 읽는데 반대하는 학자는 없는 것 같습니다. 고려속요 「서경별곡」 조선 시대의 「용비어천가」「월인천강지곡」「훈몽자회」에 같은 문헌에도 서울이란 말이 쓰여 있습니다. 1896년 독립신문 창간호에는 '조선

서울'이라 썼습니다. 한자를 쓰던 황성신문에도 '徐蔚서울'이라 하여
서울의 발음을 살리고 있습니다. 광복이 되면서 경성제국대학이
서울대학으로, 경성중학이 서울중학으로 바뀝니다. 이중환의
『택리지』에는 쌓인 눈이 녹은 흔적을 따라 축성을 하여 '설雪울'이
서울이 되었다는 전설 같은 내용도 소개되고 있습니다.

　　이십여 년 전 정도定都 600주년 행사가 거대하게 치러지기도
했지만 한성백제의 하남 위례성을 계산하면 서울 정도 역사는
1100년이 넘는 것이 아닌가 하는 생각을 합니다.

2 청사초롱

혼인

　　혼인 이야기가 나오면 아내는 늘 "비단 고르다 삼베 골랐다."고
아직까지 아쉬운 척(?)하지만, 혼인이란 누구에게나 가장 신중하고도
최선의 선택일 수밖에 없는 것이니, 그것도 제 복이 아니겠느냐고
나는 대꾸를 한다.

　　러시아 민담의 한 구절로 기억하거니와, 바다에 나갈 적에는
한 번 기도하고 전쟁터에 나갈 때는 두 번 기도하라는 말이 있다.
그리고 혼인할 적엔 세 번 기도하라고 했으니 , 혼인이라는 것이 어찌
일시적인 감정으로 처리될 수 있는 일이겠는가.

　　우리는 1970년 7월 7일 오후 7시에 두 번째 만났다. 사람들은
수없이 많은 사람과 만나고 헤어지지만, 그들의 첫 번째 만남은

그렇게 중요한 것이 못 된다고 나는 생각한다. 왜냐하면 스쳐 지나다 우연히 만나는 것이 첫 번째 만남이기 때문이다. 그것은 어디까지나 우연일 따름이지, 자신의 능동적인 선택이 못된다. 처음 만나고 헤어진 사람이 다시 만나는 것은 서로의 필연성의 소산이기 때문에 비로소 의미가 이루어지는 것이다.

1970년 여름, 비 오는 어느 날(이제는 날짜 기억도 희미해졌다), 반소매 점퍼를 입은 후줄근한 차림(아내의 후일담)으로 그녀를 일방적으로 찾아간 것이 우리의 첫 만남이었으니까, 아내에게 있어서 나는 전혀 뜻밖의 손님이었던 것이다. 그런데도 그녀는 세련된 대화로 차를 향기롭게 만들어 가며 무례한 나를 박대하지는 않았다.

우리가 헤어지면서 다음 약속을 받아 내지 못하면 내가 지는 것이라는 순진(?)한 생각을 하면서 말에다 약간 멋을 부렸다. 럭키 세븐이 넷이나 들어 있는 그날 그 시간에 다시 한 번 만나자고. 젊다는 것은 그런 객기가 통할 수 있어서 좋았던 것일까?

그녀는 복스러운 얼굴 위 안경 너머로 눈웃음을 지으며 고개를 끄덕였다. 그것은 아내의 자유 의사로서의 선택이었다. 이리하여 우리는 서로의 똑같은 필요로 재수 좋다는 1970년 7월 7일 오후 7시에 두 번째로 만나게 되었고, 남산을 함께 걸으며 그녀는 인생을 경시하지 않는 삶의 무게를 지닌 여자로 나에게 다가왔다.

그 두 번째 만남의 연장선상에서 지금까지 영원한 만남으로 이어지고 있거니와 우리의 첫 번째 만남이란 그저 한 젊은 청년의 객기와 한 처녀의 후한 호기심에 지나지 않았던 것이다.

그 이듬해 우리는 혼인했다. 문단의 원로이신 월탄 박종화 선생님께서 집례集禮를 해 주셨다. 맞절을 시키면서 고개를 더 많이 숙이는 사람이 더 많이 사랑하는 거라는 말씀에 우리는 한없이 허리를 숙여 절했다.

먼저 사랑하는 사람이 되고, 더 많이 아껴 주는 부부가 되고, 나중까지 지켜 주는 인생의 반려자가 되라는 주례사를 들으며 사람에게는 사랑만으로는 안 되는 부분이 있다는 것을 깨달았다.

혼인이란 사랑이 들어와 살 수 있는 가장 확실한 집이라는, 혼인의 실체를 월탄 선생님의 말씀을 통해 깨닫게 되었다. 그렇다. 서로 마주 보며 혼인 서약을 한다. 그리고 한 방향을 향해 걸어가며 하객들의 축복 속에서 혼인식을 끝냈다. 이것은 혼인이란 서로를 바라보며 비판하고 판단하는 일이 아니라 부부라는 한 끈으로 묶여서 공동의 삶을 창조하는 것이라는 하나의 상징인 것이다.

아내는 나에게 좋은 글을 쓰라고 몽블랑 만년필을 주었고, 나는 아주 작은 반지를 끼워 주었다. 사실은 좀 괜찮은 목걸이를 하나 해 주고 싶었지만.

때를 따라 빛은 변하나 보석인 그 본질에는 변함이 없는 돌로써 너에게 부치노니, 빛에는 변함이 있을지라도, 마음 하나는 이 돌과 같이 변함이 없기를 바란다.

이런 김동인의 소설 한 구절을 읽으며 내심 내 아내가 되는 사람에게는 제법 화려한 목걸이 하나는 꼭 해주겠다고 다짐해 왔다. 그런데 보석이 아름답다는 것은 그전부터 알았지만 예물을 준비하면서 그것이 그렇게 비싸다는 것은 처음 알았다. 주머니는 가난했고, 나는 앞뒤를 너무 재는 졸장부라서 과용하는 용단을 못 내린 채 지금까지도 아내에게 돌과 같이 변함이 없을 마음을 다짐할 수 있는 괜찮은 목걸이에 대한 빚을 갚지 못하고 있다.

생각하건대 나의 이런 흐리멍덩한 사랑의 표시가 아내로 하여금 비단 고르다 삼베 골랐다는 표현을 하게 했겠지만, 사랑은 기교가 아니라는 변명을 할 수밖에 없다.

맨발의 성녀 수녀님의 말처럼 우리는 도저히 어떤 위대한 일을 할 수 없는 것 같다. 다만 큰사랑으로 아주 작은 일을 실천할 수밖에 없으니 나에게 큰사랑이 있다고 한들 아내에게 어찌 반의 반이나 전해질 수 있겠는가?

월탄 선생님은 다음과 같이 주례 말씀을 마무리하셨다.

"두 사람은 때로는 다툴 수도 있을 것입니다. 그러나 그것은 사랑의 부피가 얇은 때문이 아니라, 서로가 지닌 이상의 높이가 너무 큰 데서 오는 것임을 잊지 않기를 바랍니다. 관용과 겸양은 가정을 꽃밭으로 인도하는 두 날개임을 항상 명심하십시오."

주례

신랑 신부의 어머니가 단상의 촛불을 밝힌다. 타오르는 불꽃을 보면서 마음속으로 주례사를 약간 수정한다.

"그대들의 영혼은 무엇에 의해 타들어 가서는 안 됩니다. 모든 것을 다 태울 수 있도록 뜨거운 열정을 지니고 새 가정을 꾸려 나가야 합니다."

신랑이 입장한다. 쌀 한 섬쯤 짊어진 기분이리라. 그래도 경쾌한 걸음걸이다. 엄숙하면서도 리듬감을 잃지 않는 로마 병정 같기도 하다.

결혼행진곡이 울려 퍼진다. 저만치 눈부시게 단장한 신부의 가벼운 떨림이 주례대까지 전해진다. 그녀의 영혼은 자신이 입은 흰 드레스보다 더욱 순백하리라.

태고의 신비 그대로의 신부가 한 발짝 걸음을 옮길 적마다 그녀의 향기는 장내를 압도한다. 하객들도 이 때만은 조용할 수밖에 없다. 아버지의 걸음이 자꾸 엉킨다. 며칠을 두고 예행 연습을 했을 터인데. 딸을 시집보낼 만큼 세월이 흐르면 리듬 감각도 무뎌지게 마련인가? 나이를 먹는다는 것은 좀 슬픈 일이다. 그러나 오늘만은 안심하라. 조연이 서투를수록 주연은 더욱 빛나는 법이니까.

부녀가 단상에 도착하기 전에 신랑이 성급하게 신부에게 다가간다. 양쪽은 멈어선다. 아버지는 사위를 바라본다. 참으로 많은 내용을 담은 눈이다.

"여보게 김 서방, 잘 부탁하네. 정말 눈에 넣어도 아프지 않게 키웠다네. 이젠 자네가 애비의 몫까지 살펴주어야 하는 걸세."

그러나 신랑은 그것을 못 읽는다. 그저 마음이 급하다. 꾸뻑 절을 하고는 서투르게 신부를 감싸안는다. 객석에서 웃음이 터진다. 신부의 볼이 붉어진다.

사회자가 주례를 소개한다. 신부 아무개 양의 모교 은사님이라고. 나는 약간 신랑 신부에게 미안해진다. 좀 더 유명한 사람이 못 되어서. 소설가 김붕래거나, 김붕래 교수 정도는 되었어야 그대들에게 떳떳했을 텐데.

그러나 초라해지지 말자. 나를 위해서가 아니라 이들을 위해서 나는 더 의연해져야 되겠다. 가장 순수한 젊은이들이 합쳐지는 축복의 장소인 이곳에서 세속적인 판단은 당분간 보류해 두자. 한 쌍의 부부가 탄생하기 위해서는 하늘의 가호와 땅의 축복도 있어야 하는 법이다. 보이지 않더라도 어디엔가 산신령부터 삼신할머니까지 다

모인 경사스러운 이 자리에 내가 가장 상좌에 위치한 주례가 됐으니
정오의 이 한 순간은 어느 신선神仙보다 나는 우뚝한 사람이다.

　"어진 사람은 산이 영원히 침묵하는 것을 사랑하고, 지혜로운
사람은 물이 끊임없이 흐르는 것을 좋아한다고 했습니다. 이제
그대들은 부부로 맺어졌으니 남이 못 보는 것을 볼 수 있는 새 눈을
떠야 하며 남이 듣지 못하는 것을 새겨들어야 하는 새 귀를 지녀야
합니다. 만물의 시작이자 끝인 산처럼, 모든 것을 다 창조해 내는
가슴을 지니되 말을 아낄 줄 알아야 하며, 함께 흘러 더 큰 힘을 모을
수 있는 물의 슬기를 지니되, 고인 물은 또한 땅으로 스몄다가 메마른
땅에 샘으로 솟는다는 사실을 알아야 합니다. 그대의 안사람이
다리를 전다면 앉아 있을 때 평가할 것이며, 그대의 바깥사람이
한 눈을 잃었거든 옆모습의 초상화를 그릴 줄 아는 아내가 되어야
합니다."

　주례사는 5분을 넘지 말아야 한다. 훈장들의 잔소리와 여자의
치마는 짧을수록 모양이 좋다던가.
　신랑 신부가 퇴장한다. 친정어머니는 가슴이 메어지리라. 별
생각이 다 나리라.
　'고초, 당초같이 매운 시집살이라는데……, 아니야,
요즘 시집살이가 어디 있어? 그래도 내 집 떠나면 허당이지.
천둥벌거숭이같이 자란 저것이 폐백 때 큰절이나 제대로 할까? 하긴,

요즘 젊은 애들 우리 때보다 영악하다니까 …….'

　사진을 찍으면 주례의 임무는 끝난다. 신랑의 손을 잡는다. 이
젊은이에게 지는 것이 이기는 것이라는 말을 해 주고 싶다. 그러나
나도 신혼 때는 그랬듯이 그런 말은 누구에게 듣는다고 이해되는 것이
아니다. 아내에게 이겨 보고 나서야 차라리 져 주는 것이 더 현명한
일이란 것을 그대도 퍽 후에나 깨닫게 될 것이다.
　신부가, 선생님 고맙다고 내 손을 꼭 잡는다. 나는 눈으로
말한다. 정말 잘 됐다. 나는 네가 서른이 될 때까지 청바지 차림에
여기저기 취재나 다닐 줄 알았더니. 이제 너는 진짜 안해(안방에서
빛나는 태양)가 되는구나.
　잘 모르는 사람들 틈에서 점잖은 척 식사하기는 큰 고역이다.
1시에 긴한 약속이 있노라고 둘러대고 예식장 문을 나선다. 현관
앞 큰 거울에 내 모습이 비친다. 가슴에는 아직도 화려한 꽃이 꽂혀
있다. 문뜩 깨닫는다. 한 쌍의 부부를 탄생시킨 징표로서 이 꽃은
나에게 얼마나 소중한 것인가를. 아마도 신랑 신부의 마음이 맺혀 이
꽃으로 피어났을지도 모를 일이다.
　꽃이 시들기 전에 빨리 집에 가야겠다. 가까운 가게에 들러 작고
예쁜 크리스털 꽃병을 하나 사자. 이 꽃을 바라보며 아내와 함께
마시는 차는 내 생애 중 가장 은은한 향기를 지니고 있을 것이다.

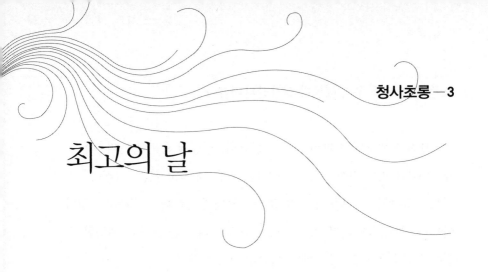

최고의 날

큰애를 장가보내고 나서 집사람에게 몇 가지 흉이 잡혔다.

첫째는 예식장에서 사람 헤프게 처음부터 끝까지 너무 허허거리며 웃음을 거두지 못했다는 것이다. 하긴 이 나이 되도록 두어 시간 남짓 가슴으로부터 치밀어 오르는 기쁨으로 그렇게 싱글벙글해 본 적은 없으리라. 이 나이가 되어서야 '유붕有朋이 자원방래自願訪來하니 불역낙호不亦樂乎아(벗이 스스로 찾아오니 이 또한 즐겁지 아니한가)'라는 논어의 첫 구절을 이해할 수 있었다면 너무나 내가 욕심쟁이가 되는 것인가? 웃음은 웃음을 낳고, 서로 웃어 다시 웃음을 낳는 것인데, 그런 웃음이 뭐라고 집사람은 타박인지 모를 일이다.

다른 허물의 하나는 혼주석에 가만히 서서 인사할 일이지 이리저리 옮겨다녀서 문제를 야기시켰다는 말이다. 그 부분에 대해서는 다시 생각해 보니 나만큼 우왕좌왕, 좌충우돌(?)했던 혼주는 별로 보지 못했던 것도 같다.

그러나 나는 융통성 있는 사람이기보다는 구태여 분류하자면 원칙주의자에 가깝다. 내 본심을 이야기하라면 아들 장가보내는 자리는 화기애애한 쪽보다는 엄숙해야 한다는 것이 나다운 지론일진대, 내가 의도적으로 혼주석을 이탈한 것은 절대 아니다. 분위기에 약했던가? 아니면 정情에 감격한 탓이리라.

식장 저 끝에서 노인 한 분이 두리번거리며 들어오신다. 고향 친구의 부친이다. 친구가 사정이 있어서 못 온다는 것은 알고 있었는데 70을 바라보는 노인이 300리 길을 사양 않고 이곳까지 아들 대신 찾아오신 것이다. 어찌 달려가서 송구한 인사를 올리지 않을 수 있으랴.

저만큼, 이제는 집안에서 가장 어른이신 고모님이 오신다. 거동이 불편하여 외출도 못 하시는 몸인데 예식을 보겠다고 딸들의 부축을 받아 오시는 것이다. 친구와 악수하다가 달려가서 주름진 손을 잡는다. 고모님은 말없이 붉어진 눈자위로 나를 바라보며 다시 내 손을 잡아 주신다.

내 교사 초년생 시절, 늘 마음이 춥고 정신적으로 허기졌던 시절 형님같이 항시 넉넉하게 나를 챙겨 주셨던 선배 교사가 저만큼에서 동부인한 채 웃고 서 있다. "여보 이리 와서 인사드려요." 그리고 보니 부산 사는 동창생이 저만큼 서있다. 사업에 바쁜 친구이니 아침

비행기로 막 도착했으리라. "이렇게 어려운 걸음을 ……."

신호등이 고장 나고 차선이 이리저리 엉키듯 나는 중심을 잡지 못하고 이리저리 헤매며 그저 고맙고 반갑고, 송구스러웠다. 정말 나는 못 말리는 호스트였다.

내 들뜬 감격은 예식이 진행되면서 조금 가라앉았다. 양가 모친이 촛불 점화를 한다. 신랑 어머니는 푸른색 한복을, 신부 어머니는 붉은색 한복을 입었다. 시어머니가 되었으니 서슬이 퍼렇다고 해서 신랑 모친의 복장은 청색이고, 고초당초보다 더 매운 시집살이 걱정에 신부 모친은 상기되어 옷조차 붉은색이 되었다던가?

'우리는 대명천지 21세기를 살고 있으니 사돈이시여, 부디 따님 시집살이 걱정은 마십시오.'

신랑이 입장을 한다. 제법 의젓하다. 신부가 입장을 한다. '내 아들이 이 세상에서 가장 소중한 사람으로 선택한 여인이다. 이들에게, 내릴 수 있는 축복 중에서 가장 커다란 축복을 내려주소서. 사람끼리 사랑할 때 먼저 사랑하는 부부가 되게 하소서.'

더 많이 숙여 인사하는 사람이 더 많이 사랑하는 것이라며 주례 선생이 맞절을 시킨다. 정말로 오묘한 사랑의 끈이 너희들을 한평생 엮어서 오순도순 살기를 바란다. 기념 촬영을 끝내고 사돈의 손을 잡는다. '섭섭히 생각지 마십시오, 딸처럼 잘 보살피겠습니다.' 그러나 내가 어찌 딸을 여의는 아버지의 마음을 헤아릴 수 있겠는가.

폐백을 올리는 며늘아기의 한복 입은 자태가 너무나 곱다. 그러나 내색을 했다가는 또 집사람이 주책없다고 책하리라. 아들아, 누구나 한때는 말 탄 신랑처럼 좋은 시절이 있는 법이니라. 제발 먼저 사랑해 주고 나중까지 지켜 주는 좋은 지아비가 되어야 하느니라.

폐백을 서둘러 끝내고 식당을 찾았다. 식당에는 썰물처럼 많은 하객들이 빠져나갔다. 형식이 아니라 정말 고맙다고 한 번 더 인사드리고 싶은 분들이 많았는데.

"오빠도 뭐 좀 드셔야지."

동생들이 챙긴다. 그러고 보니 하루 종일 아무 것도 먹은 기억이 없다. 그래도 속은 든든한 것 같다. 몇 사람과 부대껴도 입이 마르고 진땀이 나는데, 오늘은 전혀 예외다. 산모가 출산할 때 생긴다는 그 강렬한 엔도르핀이 내 몸에 돌고 있는 것인가?

아들 내외가 신혼여행을 떠나나 보다. 식장에 입장할 때는 기사騎士 같이 늠름했고 폐백실에서는 말 탄 장수 같았던 아들이, 이제는 노동판에 나가는 인부 차림으로 나타난다.

"아버지 저희들 여행 다녀오겠습니다."

"야, 이녀석아, 그래도 신랑인데, 단정한 옷차림으로 비행기를 타야지."

"아버지는, 오빠는……."

둘째 녀석 동범이가 그 옷이 어떠냐고 내 고루함에 제동을 건다. 동생들도 보기만 좋은데 왜 그러냐면서, 독일 병정 같은 내

경직성을 나무란다.

나는 며늘아기에게 나 혼자 중얼거린다.

"새 아가야, 이제부터는 네가 있는 그곳이 바로 낙원이 되어야 한다. 좋은 아내, 안해(안방에서 빛나는 태양)가 되거라."

모두 떠나고 어머니와 우리 7남매만 남았다.

혼자 아내에게 중얼거려본다

'아들 이만큼 키워서 장가보낸 거 다 당신 덕이지. 수고했어요……'

"다들 가셨군요. 어머니가 돌봐주셔서 예식이 잘 끝났습니다. 너희들도 수고했다. 집에 가서 잔치국수라도 한 술 뜨고 헤어지자. 정말 고맙다."

"오빠, 신랑 아버지가 꼭 신랑 형님 같다고 사람들이 수군거려."

큰동생의 덕담이 싫지는 않다.

"그렇게 비행기 태워도 저녁은 국수야."

그러면서 나는 다시 혼자 중얼거린다.

'고맙다. 우리 칠 남매 중에서 개혼開婚이라고 너희들 너무 무리했는데, 우리 아들 며느리 오손도손 잘 사는 것으로 보답할 수밖에 없구나.'

나의 노래

　꾸물대는 여름 날씨는 언제 소나기가 쏟아질지 모릅니다. 그래도 가방 속에 작은 우산 하나 들어 있으면 마음이 든든했습니다. 이제는 허리도 무릎도 시효 만기가 되어 믿을 수 없지만 지팡이 하나 들고 걸으면 이럭저럭 의지가 됩니다. 단골해서 좋을 것 없는 약방에 자주 들리는 것도 민망합니다. 처방전을 내밀며 늙은이가 너무 자주 얼굴을 내미는데, 주책없다고 흉보지 말라고 했더니 약사의 대답이 참으로 고마웠습니다. 어르신, 이렇게 투자해서 활기찬 노년이 보장된다면 열심히 병원 드나드시는 게 남는 장사입니다.

　태어나 몇 달 있다가 '따루따루'라는 것을 하나요. 네 발로 기다가 서서 한 발짝을 뗄 때부터 그때부터 나는 혼자 걸어서 여기까지 온 줄 알았는데 냉수조차 두레박 없이는 못 마셨던 한 평생이 생각하면 고맙지 않은 것이 어디 있겠습니까.

제 가슴 속에는 양 한 마리, 늑대 한 마리가 함께 머물러 있는데 양이란 놈은 제대로 제 목소리를 내는 적이 별로 없습니다. 고맙기는 개뿔, 나는 내가 사랑하는 것들에게 늘 외면당해 살아왔는데……. 이건 나쁜 늑대의 목소리입니다. 공자님은 무슨 재주로 이 늑대란 놈을 꿈적 못하게 하여, 60이 되니 귀가 순해지고 70이 되니 마음대로 해도 부끄러운 짓 하나 안 할 수 있었을까요.

> 나는 매일같이 떠오르는 아침 해를 축복하며,
> 이전과 같이 나의 가슴은 태양을 향하여 노래 부르지만은
> 그러나 이제는 저물어가는 해를 더욱 사랑합니다.
> 길게 비스듬히 비치는 저녁 햇빛과
> 그 햇빛과 더불어 떠오르는 부드럽고 정다운 추억과
> 나의 길고 행복한 일생에서 소생하는 그리운 사람들의 모습을.
> 그리고 무엇보다도 화해시키고 용서하는 신성한 진리를
> 사랑합니다.
>
> — 도스토예프스키. 『카라마조프가의 형제들』

제게도 부드럽고 정다웠던 추억이 있었을까요? 길고 행복한 일생이란 어떤 것일까요?

초등학교 시절 잠든 제 등을 두드려주시던 아버지의 손길이 아직도 따스하게 남아 있습니다. 고향 선산 앞에는 냇물이 흘렀는데, 우리 아들이 중학생일 때만 해도 다리가 없어 발을 벗고 건너야

했습니다. 저를 업고 물을 건너던 중3 짜리 아들 동욱이의 등이
참으로 넓고 듬직했었습니다. 제 인생에서 이 두 행운만 해도 넘치는
축복인데, 나는 참 많이 불경스런 기도를 드렸습니다. 어머니가
생명을 주셨을 때 왜 용기도 함께 주시지 않았는가 하는…….

　희수喜壽를 향하는 제 나이가, 100세 시대 운운하는 오늘날 그리
많이 먹은 것은 아니지만, 길고 행복한 인생에서 그렇게 동떨어진
것은 아니라고 가슴속의 착한 양이 속삭입니다. 겨울에도 냉수마찰을
하며 젊음을 자랑하던 고교 동창이 허무하게 가고, 너 죽으면
꽉꽉 밟아줄게 걱정 말라 호언하던 건강 체질의 첫 직장 동료도
유명을 달리했고, 휴가 때면 논에서 미꾸리를 잡아 추어탕을 맛있게
끓이던 군대 동료도 떠난 지 한참이 되니, 어찌 지금 죽은 들 내가
단명하다는 소릴 듣겠습니까? 겨우 환갑을 넘기신 아버지, 스물넷에
돌아가신 어머니에 비하면 제 인생 또한 『카라마조프가의 형제들』에
나오는 조시마 장로님의 말씀처럼 길고 행복한 일생이란 생각을 하게
됩니다.

　날이 저물어서 노을이 오히려 아름답고 한 해가 장차 저물어서
귤향기 더욱 그윽하다고 『채근담採根譚』에 적혀 있습니다. 한 해가
다 저무는 동지섣달, 그리고 이 세상의 다반사인 죽음을 앞에 둔 이
나이에 나의 노래 한 소절이 '그윽한 귤 향기'를 흉내 낼 수 있다면 저
또한 저물어가는 저 해를 사랑하지 않으면 안 될 것 같습니다.

할아버지

유년의 기억은 언제까지 거슬러 올라갈 수 있나요?

제 기억은 다섯 살 근처에 머물러 있습니다. 서울 종로구 관철동에서 강원도 횡성으로 낙향한 할아버지가 집을 지으실 때 저도 강아지 뛰놀 듯 덩달아 즐거웠습니다. 마당 한 가운데서 목수들이 기둥감을 손질할 때 말려 따라오는 대패 밥을 가지고 놀던 감촉과 그 냄새가 꽤 선명하게 떠오릅니다. 그 무렵이겠지요. 할머니가 목에다 수건을 두르고 얼굴을 씻길 때는 숨이 막히기도 했지만, "온 녀석도, 꼭 씻은 배추줄기 같단 말이야." 하시며 그윽한 눈길에 담겨 있던 그분의 자애로운 사랑은 아직도 아쉬운 추억으로 남아 있습니다. 6.25 사변 몇 해 전의 이야기입니다.

대개 평화로운 시골 집 그린다면 어떤 모습일까요?

우선 집 뒤에는 나지막한 동산이 있고, 집 옆으로는 텃밭이 있을
겁니다. 마당 앞으로는 도랑이 흐르고 도랑 너머로 그리 넓지 않은
논이 이어지고… 이것이 광복 후 강원도 횡성군 우천면 두곡리에
낙향하여 할아버지가 꾸며놓은 고향집의 청사진입니다.

할아버지는 제 초등학교 3학년 무렵에 돌아가셨으니 내가
그분에 대해서 얼마나 알 수 있겠습니까만, 그분이 일궈놓은 고향집
하나만으로도 나는 할아버지에게 충분히 감동받을 수 있었습니다.

장독대 뒤로는 밤나무가 몇 주 있었는데 거기에 그물로 덕대를
매 놓아 제 좋은 놀이터가 되었습니다. 할아버지는 그 놀이터 위에서
관운장의 이야기도 들려주셨습니다. 지금 생각하니 칼로 맨 팔을
째고 독기를 빼어내던 명의 화타의 이야기였습니다. 아파도 울지
않아야 사내가 아니냐고 가르쳐 주셨습니다. 텃밭 가장자리로는
생지황을 심었습니다. 생지황을 아홉 번 찌고 아홉 번 말리면
조혈강장에 좋은 숙지황이 됩니다. 동네 형들이 반하*半夏를 캐 오면
내게도 한 두 개 밖에 안 주던 사탕을 한 움큼 주시며 환하게 웃을
만큼 할아버지는 한약재에도 조예가 깊으셨습니다. 텃밭과 집의
경계로 살구나무와 돌배나무가 있어 봄이 오면 그 고운 꽃잎이 바람
불적마다 눈 내리듯 하던 기억도 할아버지와 더불어 생생합니다.
여기까지가 아름다운 추억입니다.

묵은 사진첩을 뒤적이면 파고다 공원(탑골공원)이나
화신상회(화신백화점, 현 종로타워)에서 찍은 사진도 몇 장

남아있지만, 내가 태어났다는 종로구 관철동 집에 대해서 생각나는 것은 하나도 없습니다. 할아버지는 저를 안고 그 유명한 고려당에 가서 찹쌀떡을 사먹이곤 하셨다는데, 이제는 종로 2가 버스정류장 옆에 세워둔 '우미관 터'란 표지석을 보고 여기 어디쯤에서 내가 태어났거니 하는 생각을 할 수 있을 뿐입니다. 이것은 내가 다섯 살 이전에 경험했던 기억 저편의 일들입니다.

이제는 우미관도 고려당도 제 대학 시절까지 있었던 종로서적 같은 건물도 제 기억과 함께 다 사라져 버렸습니다. 길 건넌 YMCA 건물 하나가 연륜의 때를 묻힌 채 종로통을 지키고 있을 뿐입니다.

6.25 전쟁과 함께 관철동 집과 재산은 다 불타 사라졌습니다. 1.4 후퇴를 겪으면서 강원도 고향집도 폭격을 당해 폐허가 되었습니다. 매화랑 앵두가 고왔던 화단은 폭탄이 떨어져 움푹 파였고, 할아버지는 얼기설기 엮은 움막 같은 임시 주택에서 심하게 기침을 하셨습니다. 아버지가 횡성읍에 나가 어렵게 구해온 진정제 주사 한 대를 맞으시면 잠시 호흡이 편해졌는데, 그때 저를 물끄러미 바라보시며 "할애비가 몸을 털고 일어나 천자문 한 권은 떼어야지" 하셨지만, 살을 에는 봄바람을 견디지 못하고 할아버지는 운명하셨습니다.

할아버지는 그때부터 내가 아무리 기다려도 기차를 타거나 말을 타고 다시 제게 나타나주지 못하셨습니다. 헷세의 『데미안』을 읽으며 마음의 귀를 기울여야 내 안에 할아버지가 살아 계실 수 있다는 것을 깨닫게 되된 것은 훨씬 훗날의 일이었습니다. 할아버지란 보호막을 상실하면서 행복했던 제 유아기 온실속의 평온은 사라져야 했습니다.

북망北邙이라도 금잔디 기름진데 동그란 무덤들 외롭지 않으이.
무덤 속 어둠에 하이얀 촉루가 빛나리.
향기로운 죽음의 내도 풍기리.
살아서 섧던 주검 죽었음에 이내 안 서럽고
언제 무덤 속 환히 비춰줄 그런 태양만이 그리우리.
금잔디 사이 할미꽃도 피었고, 삐이 삐이 배, 뱃종! 뱃종!
멧새들도 우는데,
봄볕 포근한 무덤에 주검들이 누웠네.
　　　　－박두진「묘지송」

　할아버지의 무덤도 이 시처럼 빛이 쌓이는 양지바른 의지처가 되어
주십니다. 산을 관리하는 마을 어르신이 정성껏 가꿔준 잔디가 파도
일렁이듯 실합니다. 그분의 살아 생전 볼의 주름살과 같이 부드러운
감촉입니다.
　봄에는 고조할아버지 한식 차례, 가을에는 7대조, 8대조 시제를
모시러 1년에 두 차례 고향 선산을 찾는 일은 제 1년 스케줄 중에
최우선입니다. 제사를 통하여 가족 간의 만남이 이루어지는 것,
그건 조상이 내리는 가장 큰 선물입니다. 삼촌, 사촌, 당숙 등 이런
가까운 집안사람들이 제사라는 명분 아니면 얼굴을 맞대기가 쉽지
않은 시절을 우리는 살고 있기 때문입니다. 금년에도 동석한 스무 살

아래 아우와, 40대를 훌쩍 넘어버린 아들, 올망졸망한 손자들에게
할아버지 이야기를 내가 자랑스럽게 들려줍니다.

그분은 16세가 되던 1906년에 아버지(나에게는 증조부)를 따라
기회의 땅 북간도 용정으로 떠나셨다. 희망을 밑천 삼아 분발하여
금광사업으로 재산을 일으켜 1940년대 초에 귀국하셨더니라. 종로
관철동에 집 한 채 마련하시고 행랑채에 한의원을 모셔다가 약국도
경영하셨을 만큼 수완도 좋은 분이셨다. 할아버지 출타 중에 내가
태어났는데, 그분은 부정 탈까 7일간이나 근신하며 손자 상면도
미루었다더구나. 고심하여 지어주신 내 이름에는 한 날개 툭 치면
3만9천리를 난다는 붕鵬새의 이야기가 담겨 있지만, 나는 한번 제대로
날아보지 못했으니 이 불효를 어찌 감당하겠느냐.

오늘 제사 지내는 양적리 시제답도 할아버지가 농지개혁 전에
장만하신 것이고, 너희들 일 년 양식도 할아버지가 마련하신 두곡리
텃논의 소출임을 잊지 말거라. 땅이 넓지 않아도 우리 식구 먹기에는
족하니 어찌 할아버지의 헤아림을 한시인들 잊을 수 있겠느냐.

선산이 있는 양적리를 찾으면 그곳이 제게는 천 년 고향인 듯,
지금 스치는 바람이 바로 어제의 할아버지 숨결로 느껴집니다.
저승에서 불어오는 바람이 이승의 금잔디로 깔리듯 망자와 산
사람이 만나는 축제의 장을 마련해 놓으신 할아버지가 제 추억 속에
우뚝합니다.

축제

아범아, 제삿날이라 너무 침통해하지 말거라. 애비에게는 오늘이
축복의 날이니 사방에 환히 촛불도 밝혀 놓거라. 속세만큼 저승길도
험한 법, 제사 먹으러 찾아가려면 한 가닥 불빛에라도 의지할 수
있어야 하지 않겠느냐. 죽으면 혼魂은 하늘로 가고 백魄은 땅으로
간다고 하였느니라. 육체는 흙이 되어, 몸 따로 마음 따로 살아야
하는 적막강산, 그곳 저승에서 이승을 찾는 날이니 애비에게는
축제날이니라.

홍동백서紅東白西 조율이시棗栗梨柿……. 21세기 대명천지에 그런
케케묵은 원칙이 뭐 중요할까만, 애비는 아버님 하시던 대로,
아버님은 할아버님을 따라 하셨으니 그것이 가풍이란 거다.
망자亡者에게는 서쪽이 상석上席이니 밥 한 그릇 놓을 때도 방 위에

어긋남 없이 정성을 다하거라. 포脯없는 제사는 없다, 식혜, 간장도
빠졌는지 거듭 살피거라.

진설陳設이 끝났거든 향을 피워 애비 혼령을 불러다오. 이승과
저승이 판연히 달라 속세의 언어로는 망자의 영혼을 부를 수는
없느니라. 혼이 좋아 하는 것이 향이니 네가 피운 향내음에 취해
너울너울 춤추며 향연香煙을 타고 네 집을 찾으마. 촛불을 밝혔으면
댓돌 위 신발도 가지런히 놓고, 마당의 빨랫줄은 걷었는지 살펴서
애비가 걸려 넘어지지 않도록 해다오.

향을 피워 혼령을 불렀으면 이제는 모사茅沙에 제주祭酒를 부어 흙이
된 애비의 육신을 부를 차례니라. 향긋한 술 냄새를 쫓아 대청을 찾아
나서면, 향불 위에 머물던 혼령과 반갑게 만나서 사대육신을 갖춘 한
몸을 이루어 병풍 앞에 정좌할 수 있겠구나. 이승의 몸을 입고 지방紙榜
단자 위에 좌정하면, 學生父君神位학생부군신위의 '학생'이란 말도
애비에게는 과분하지만 내 집인 듯 편안하겠구나. 헌작獻酌(신주에게
석 잔의 술을 올리는 초헌初獻, 아헌亞獻, 종헌終獻 의례)이 끝나면
올망졸망 손주 녀석 첨잔添盞이 있겠구나. 주발 뚜껑에 서툴게 따라
올리는 어린 손자의 앙증맞은 첨잔은 애비에게 가장 큰 기쁨이
되겠구나.

어멈아, 나물 무치고 전 부치느라 네 몸이 파김치가 됐겠구나.

그러나 네 한 몸 힘들어 식구들이 푸짐한 저녁을 먹게 되니, 그
또한 복 받을 일 아닐까? 쓸데없이 바쁘기만 한 일상을 잠시 접고,
애비 기일이라 형제 동서 나란히 앉았으니, 그것이 바로 실천하는
효도이겠구나. 어린 손주 녀석들 오랜만에 만나 언니 아우 즐기는
날이 바로 제삿날이니 이것만 봐도, 기제사忌祭祀라는 것이 공연한
허례나 허명虛名만은 아니로구나. 조상의 음덕陰德이 별거겠느냐.
너희들 화목하고 어린 것들 실하게 크면 그것이 바로 조상의
보살핌이니라.

자시子時에 하늘이 열리고 축시丑時에 땅이 열린다고 했느니라.
한 해를 기다려 너희들을 보러가는 날이니 저녁 11시, 자시가
소풍가는 날처럼 기다려지는구나. 내 서둘러 차비해 하늘의 문이
열리는 대로 너희를 찾아 내려가마.

작명 유감

내 결혼이 성사된 것에 대하여 나는 항상 두 분께 감사드린다.

첫 번째 분은 '붕래鵬來'라는 이름을 지어 주신 할아버지고, 또 한 분은 작명가 김봉수 씨다. 김봉수하면 아는 분은 다 아는, 꽤 유명한 작명가였는데, 나는 결혼을 하고 나서야 그분이 그렇게 대단한 파워가 있는지 처음 알았다.

1960, 1970년 무렵 경복궁 옆 적선동 허름한 기와집에서 이름 두자 지어주고 장안을 휘어잡던 그분도 이제는 전설 속에 묻혀 이름 석 자 기억하는 사람도 많지는 않을 것 같다.

어느 혼사인들 카펫 깔린 순탄한 행진일 수 있겠는가? 나 역시 혼사 이야기가 오가자, 처가 쪽에서 고개를 갸우뚱, 이견이 분분했나

보다. 신언서판身言書判이라 했는데, 외모는 후줄근하고(아내의 후일담)
여자 하나 휘어잡을 말주변도 없었다. 내가 보낸 편지를 집사람
친구가 읽었나보다. 그 친구 왈 "너는 자존심 상하지도 않니? 이렇게
성의 없이 갈겨쓴 글씨가." 글씨라도 반듯해야 내용이 읽힐 텐데
악필은 한 평생 내 업보다.

이런저런 사정으로 집사람에게 내가 100% 확신 있는 남자는
아니었던 것 같다. 처가댁에 첫 인사를 가기 위해 신설동에 있었던
돌다방에서 그녀를 한 시간이나 기다려야 했다. 그때는 약속
시간에 늦었던 그녀에 대한 불쾌감이 대단했지만, 이제 생각해보면
그 1시간은 집사람에게 열 시간도 더 되는 망설임의 시간이었음을
깨닫는다.

'이 남자에게서 정말 행복을 얻을 수 있을까? 약속 장소에 나가야
하나? 말아야 하나?……'

처갓집에는 원군은 별로 없었고 적군만 득실거릴 수밖에 없는
이유는 내가 초라한 국어 선생이었기 때문이다. 처가에는 장인이
교장으로 퇴직했고 처남, 처남댁을 합하여 현직 교사가 6명이나
있었으니 선생이란 직업에 대해서 별 매력이 없었던 것은 분명하다.

그런데, 큰처남댁이 이름 지을 일이 있어 경복궁 옆 적선동 김봉수
작명소를 찾은 일이 있었다. 처남댁은 갔던 김에 내 이름도 보아
달라고, 집사람 이름과 함께 써 넣었던 모양이다. 일종의 사주를
본 셈이다. 김봉수 씨가 동행한 아내를 보며 "내가 김봉래라면,

박명자한테 장가들지 않는다."라며 박명자라는 집사람 이름을
붓으로 뭉개더라나. 그 사건 이후 큰처남댁은 내 쪽으로 한 표를
던지는 고마운 분이 되었다. 그때 김봉수 씨가 한 말이 "붕래라는
이름은 글로 이름이 날 이름"이라고 하였다던가? 큰처남댁 생각에,
'그럴 수도 있겠다, 대학도 국문과를 나왔고, 지금은 국어 선생을
하지만 시인이나 소설가가 되지 말라는 법도 없을 터…….' 아마
사정이 이렇게 되어 고마운 우군이 생겼던 것 같다.

　　그런데, 감사는 감사고, 고마운 두 분에게 할 말이 꽤 있는 것도
사실이다. 한학漢學을 조금하신 할아버지가 『장자莊子』「소요유逍遙遊」
편에 나오는 '붕새'의 이야기를 따서 '붕래'라는 이름을 지어주신 것
같은데, 그 이름은 사실 나에게 너무 벅찬 이름이었다. 지금까지도
내 한평생은 모든 일에 역부족으로 끌려 다니기 일쑤였다. 쉬엄쉬엄
점잖게 걷는 친구들 뒤꽁무니라도 따라 가려면 맨발 벗고 뛰어야 했던
것은 우리 할아버지의 과욕 탓이 아닐까 하는 생각을 하게 된다.
　　비유컨대 붕새는 시속 240km로 달리는 벤츠다. 티코나
다마스라고 그만한 속력을 못 내겠는가만, 얼마나 발발거리고
애써야 편안히 달리는 벤츠를 뒤쫓을 수 있겠는가? 할아버지께서는
'붕'이란 벤츠 같은 하드웨어 이름을 주셨는데, 내 머릿속에 든 엔진은
2기통짜리 소프트웨어밖에 되지 않는다. 아! 할아버지는 왜 이름만
주시고 능력은 주시지 않았던가?
　　"야! 이놈아, 그게 이 할배 탓이냐? 네가 열심히 살았어야지."

지하에서 호령하시는 할아버지 음성이 들릴 것 같기도 하다. 그래도 붕래라는 이름을 보고 "아, 그 한 날개 툭 치면 3만9천리를 난다는 새요? 아폴로 9호보다도 빠르죠?" 하며 아는 척 하는 사람을 만날 때면 우리 할아버님이 고마운 것도 사실이다.

당시 최고의 권위를 자랑했던 작명가 김봉수씨의 신통력에도 문제가 있다. 적어도 장안의 내로라 하는 작명가가 한마디 했으면, 그 말이 씨가 되어 탄탄대로 글쟁이의 길을 걷지는 못하더라도, 그래도 소설가의 반열에서 밥은 먹고 살았어야 했겠는데, 지금 나는 창작은 고사하고 변변한 독자도 못되었으니. 그분의 신기神氣가 의심스러울 뿐이다. 거기다 까다로운 '붕래'라는 이름은 얼마나 오자誤字를 연출했던가?

'김봉래' '김붕례' 중국 제자들은 한술 더 떠서 '김풍래'라고 쓰기도 한다. 어떤 지면에서는 '교사 김붕래'가 둔갑을 하여 '붕사 김교래'로 나오기도 했으니 내 이름에는 아마도 마가 붙었는지도 모를 일이다.

그래도 나 자신에게는 꽤 자랑스러운 이름이다. 내 혼사의 40%는 김봉수 씨가 건져준 셈이니 나로서야 머리털 베어 그분의 가시는 길을 덮어드려야 할 만큼 고마운 분이다. 자식을 낳기 전에는 내 지식을 총동원해서라도 멋진 이름을 내 손으로 꼭 지어주고 싶었는데 아들 두 놈을 낳고 먼저 달려간 곳도 김봉수 작명소였다. 사실 애비가 이름 두 자 잘못 지어줘서 그놈들 인생이 잘못될까 하는 걱정이 앞섰던 것이다.

당시 10만원이라는 거금(?)을 주고 받아온 이름은 '동욱' '동범'이라는 아주 평범한 이름 −'붕래'라는 대단한(?) 이름에 비하면− 이었다. 그러나 대한민국 최고의 대가가 지어 주신 이름이니 그 음덕이 크리라 입이 함지박만해졌었다.

3 영원한 만남

더위 팔기

"선생님예."

"……."

이른 아침부터 덕이 언니(하숙집 딸)가 나를 찾을 까닭이 없다.

"샌님예, 아직 주무십니껴?"

분명 덕이 언니다. 어쩌다 마주치면 저만큼 물러서며 수줍음을
타던 그녀인데 무슨 일이 있나?

"아, 예. 아닙니다. 웬일입니까?"

"선생님, 내 더위 사가이소."

문을 열었을 때 그녀는 이미 얼굴을 감싸고 멀리 도망간 뒤였고,
방문 앞 툇마루에는 호두며 잣 같은 부럼이 실하게 놓여 있었다.

"……."

정월 대보름이면, 문득 생각나는 한 토막 에피소드다.

서글서글한 눈을 했던 그 경상도 처녀도 지금은 한 올 두 올 생겨나는 흰 머리칼을 어쩌지 못하리라.

수업을 마치고 교무실에 들어서니 정문 수위실에서 집사람이 바지 한 벌을 놓고 갔다는 연락이 왔다.

'난데없이 웬 바지?'

집에 전화를 했더니 반장이 전화를 했더란다.

"사모님, 선생님이 운동장에서 넘어지는 바람에 바지가 많이 찢어졌어요. 새 바지 한 벌 빨리 가져 오시래요."

그렇게 운동 신경이 모자라는 사람이 무슨 운동이냐고 집사람이 채근을 했다. 나는 그제야 마음에 집히는 바가 있었다.

'고얀 놈들, 사람 망신을 이렇게 시켜?'

"여보시오. 오늘이 대체 몇 월 며칠인지 아시오? 4월 1일이란 말이오."

만우절이 되면 아내를 멋지게 골려준 제자 생각이 난다. 첫딸을 나면 예쁜 이름을 지어 달라던 그녀석도 그러고 보니 서른을 바라볼 나이가 되었을 것이다.

음력 정월 대보름이면 입춘 절기다. 옛 어른들은 이날부터 서서히 봄 맞을 채비를 하셨다. 밥 아홉 번 먹고, 나무 아홉 짐 하는 날이다. 겨우내 웅크렸던 몸에 슬슬 활력을 넣는다는 뜻이리라. 오곡밥에 갖은 나물 반찬으로 영양 보충도 하고 쥐불을 놓아 논두렁 밭두렁에

숨어 있는 해충도 태웠다. 그리고 봄이면 찾아오는 춘곤증을 이기고 긴장하여 새 봄을 맞으라고 더위팔기도 생겼으리라.

만우절도 그 내용은 더위팔기와 맥락을 같이 한다. 요새는 소방차까지 속아서 출동하는 일이 있나 보지만 매일 같이 반복되는 일상에서 악센트 역할을 하는 신선한 충격 요법이 아닐 수 없다.

그런데 이 두 풍습의 날짜가 두 달 이상 차이가 나는 것도 동서양의 문화 인식 차이를 잘 반영하고 있다. 더위팔기는 말 그대로 '사고파는'그 말로 끝난다. 그렇지만 만우절은 한 사람이 바보가 되어야 그 시도가 성공하는 것이다. 우리의 더위팔기가 중요시하는 것은 더위를 팔았다는 그 원칙인데 비하여 만우절의 경우는 승패를 가리는 합리성의 소산이다.

예를 들어 젓가락보다 사용하기 편한 포크를 사용하는 것이 합리적인 서양 정신이라면, 점잖은 식탁에서 싸울 때(혹은 퇴비를 나를 때)나 쓰는 삼지창을 사용할 수 없다는 입장이 동양적 원칙론의 소산이다.

동지가 되면 겨울과 여름의 정령(음과 양)이 싸우다가 겨울의 정령이 물러가고 노루꼬리만큼 해가 길어지기 시작한다. 그러니 정월대보름이면 충분한 봄이라고 믿는다. 심기일전 이 때부터 봄 맞을 채비를 우리 조상님들은 했던 것이다.

그러나 서양 사람들은 싹이 나고 꽃이 피어야 그것을 보고 봄을 인정한다. 두드려 보고야 돌다리인줄 아는 베이컨^{Francis Bacon}의

후예들은 우리보다 두 달이나 뒤에야 봄이 온 것을 인정한다. 이것이
합리성의 소산이리라.

　각설하고 또 봄이 왔다. 옛 어른들 흉내라도 내어 입춘방^{立春榜}
하나 받아 문에 붙이고 봄을 찾아 나서고 싶다. 강산이 변한다는 십
년이 두 번도 더 되는 세월이 흘렀으니 덕이 언니가 밥상을 날라주던
그 하숙집은 도시 계획에 헐려 버렸을지도 모를 일이고, 꿈이 많아
더욱 삶이 벅찼던 문학소녀 반장 녀석은 삶이 주는 중압감 속에서
이제는 콩나물 값도 깎는 생활인이 돼 버렸을지도 모를 일이다.
그러나 그들도 이 봄에 나름대로 아름다운 풍선 하나쯤은 하늘에다
날릴 줄 아는 멋진 사람으로 변했으리라고 나는 확신한다. 문득
김종해 시인의 「이 봄의 축제」가 생각난다.

　그대 여기 계시지 아니하나
　그대 뜻에 따라
　이 봄의 풀잎은 일어서고
　꽃들은 하늘에다 오색 종이를 날린다.
　일어선 풀잎 하나만 보아도
　눈물 나는 이 봄에
　황사는 자욱하게 하늘을 가리고
　일어서라 일어서라 일어서라고
　누가 외치지 않아도

저 하찮은 들꽃들마저 일어서서
하늘에다 오색 등불을 매단다.
엄동에 엎드려 숨죽이던 것들아
척박한 황지에 뿌리내린 쑥맥들아
누가 오늘의 이 축제를 숨어서 구경하랴
그대 여기 계시지 아니하나
그대 뜻에 따라
이 봄에 나도 풀잎으로 다시 일어서서
황사 흩날리는 하늘에다 새를 날린다
아아, 이름을 짓지 않은 한 마리의 새를

아름답기 때문에 단명한 것인지, 단명하기 때문에 아름다운
것인지 모르겠으나 이미 상실해 버린 것들을 찾아 이 봄에는 추억
여행이라도 떠나고 싶다.

선생님을 사랑해요!

워즈워드의 시를 강의하다보면 학생들이 약속이나 한 듯 영화 「초원의 빛」을 이야기 해 달라고 조른다. 몇 번 당해본 일이라 나도 내 나름대로 준비한 처방을 쓴다.

"초원의 빛이란 영화는 말이다. 너희들 나이에는 이해할 수 없는 영화야. 세월이 흘러 너희들도 나이를 먹어 아주 슬픈 사랑을 하게 되고, 사랑이란 소설처럼 그렇게 감미롭기만 한 것이 아니란 이치를 깨달은 다음 보아야 할 영화야. 그때 첫사랑의 상처를 생각하며 철철 눈물이 넘쳐흐를 때 그 의미가 이해될 거야."

얼굴빛도 근엄하게 일장 훈시를 한다. 그러나 요즘 학생들에게는 그런 권위가 통하지 않는다. 금방 새로운 주문이 쏟아진다.

"선생님의 첫사랑도 그렇게 슬프게 끝났나요? 그렇죠? 그래서 선생님은 늘 먼 하늘만 바라보시는 거죠? 그런 것이 '찬란한 슬픔'이라는 건가요? 선생님, 첫사랑 이야기 들려주세요."

　시 단원에서 얼굴 붉히고 학생들 야단치는 것은 그 좋은 시들에
구정물 뿌리는 격이 돼서 나는 애써 너그러워진다.

　"추억이란 두고두고 자신의 뇌리 속에서 미화되는 거야. 누구와도
나눠 가질 수 없는 소중한 추억을 가진 사람은 부자가 결코
부럽지 않은 법이야. 비밀이 얼마나 아름다운 재산인지 너희들은
모르는구나. 자 수업 계속하자, 워즈워드는 말이다…….”

　이렇게 약간 심각하게 말머리를 틀면 모두들 숙연해야 될 텐데
학생들의 발상은 무궁 기상천외다.

　"워즈워드는 자습서에 다 나와 있지만, 선생님은 아직 유명한
분이 못 돼서 인물사전에도 나와 있지 않아요. (“죄송해요.”라고
베이스를 넣는 녀석도 있다.) 그래서 선생님께 직접 여쭤볼 수밖에
없는데, 선생님 결혼은 어떻게 하셨어요?”

　폭소가 터진다. 난 조금 속이 상한다. 진도를 빨리 나가야
학력고사 준비를 할 것이 아닌가? 시험, 시험…… 나는 결국 소리를
지르고 만다.

　"이희승 선생님과 소설가 한말숙 여사가 스승의 날 대담하시는
것을 보았는데, 한 여사가 학창시절 모든 학생들이 정말 선생님을
존경했다고 말씀하시자, 이희승 선생님은 '우리는 선생님을
숭배했다'고 말씀하시더라. 도대체 너희들은 선생님을 어떻게

생각하기에 이 모양이냐?"

모두들 기다렸다는 듯이 합창한다.

"저희들은 선생님을 사랑해요!"

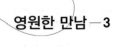

지상의 양식

나타나엘이여, 창문을 열고 나와 대지의 이슬을 핥아라.
너희들을 부단히 묶는 이 분방하고 생동하는 대지로 돌아가라.
너희들의 길은 너희 스스로가 등불을 들고 밝혀라.

젊은 날은 누구나 여러 번 많은 것들에 반하게 됩니다.
대학 1학년 때, 나는 알베르 카뮈의 『페스트』나 앙드레 말로의
『인간조건』에 푹 빠진 적이 있습니다. 그러니 자연 에디뜨 피아프의
샹송이며 장 마레가 주연하는, 이제는 제목조차 까맣게 생각나지
않는 영화까지도 애착이 가게 되었습니다. 자연 불문과 강의도
도강을 하게 되었는데, 그러다 민희라는 예쁜 이름을 가진 여학생도
알게 되었습니다.
　　그때가 겨울이었고 눈이 내린 하굣길이었는데 비탈진 언덕에서

이젤과 물감 통이 팽겨쳐진 채 그녀는 눈 위에 미끄러져 꼼짝을
못하고 있었습니다. 그림 도구를 내가 메고 그녀를 부축했지만 잘
걷지를 못했습니다. 그녀의 집은 한강이 내려다보이는 마포 나루
근처였습니다.

우리의 대화는 그녀의 이젤에서부터 그림으로 시작되다가 그녀가
불문과 학생이고, 내가 국문과라는 것이 밝혀지면서 자연스레 문학
쪽으로 흐르게 되었습니다. 그때 그녀가 최초로 댄 이름이 앙드레
지드였습니다.

우리들의 넋이 무슨 가치가 있었다면 그것은
다른 사람의 넋보다 치열하게 탔기 때문이다.

그녀가 처음으로 들려준 『지상의 양식』의 한 구절이었습니다.
나도 고등학교 때 『좁은문』이나 『이사벨』 같은 소품들을 읽은 기억이
있지만, 사실 그때까지만 해도 지드의 참가치는 모르고 있었습니다.
그런 나에게 그녀는 불문학도답게 앙드레 지드에게 있어
『좁은문』은 하나의 미사여구에 지나지 않으며, 그의 참모습은
『사전꾼』이나 『법왕청의 지하도』 같은 본격 소설에서 발견된다고 일러
주었습니다.

나타나엘이여, 그대를 닮은 것 옆에 머무르지 말라.

결코 머무르지 말라.
나타나엘이여. 주위가 그대와 흡사하게 되자,
또는 그대가 주위를 닮게 되자, 거기에는 이미 그대에게
의미 있는 것이란 없게 되는 것이다.
그곳을 떠나야 한다. 너의 집, 너의 방, 너의 과거보다
더 너에게 위험한 것은 없다.

그녀가 두 번째 들려준 『지상의 양식』이었습니다. 그러던 어느
날 야외 스케치를 나간 그녀를 쫓아 남산에 갔다가 비를 흠뻑 맞고
돌아온 길이었습니다. 고맙다고 홍차 한 잔을 타주며 스케치북 한
권을 보여주었습니다. 거기엔 그녀의 삽화가 겹친 『지상의 양식』의
명문名文들이 빼곡히 담겨 있었습니다.

나타나엘이여, 평화스런 나날보다는 차라리 비장한 삶을
택하라. 나는 죽음 이외의 휴식은 바라지 않는다.
내가 만족시키지 못한 모든 욕망, 정력이 사후까지 남아서
나를 괴롭히지 않을까 두렵다. 나의 심중에 대기하고 있는
모든 것을 표현하고 나서 완전히 절망하여 죽기를
나는 희망한다.

이런 아포리즘은 나에게 하나의 새로운 지평선이었습니다. 앙드레
지드는 이 『지상의 양식』이라는 새로운 형태의 산문 속에서 우리로

하여금 청춘기의 갈등을 적셔줄 수 있는 영원한 생명을 찾게 했으며 무릇 예술을 창조하려는 이들로 하여금 맨발로 대지에 뛰어들 수 있는 용기를 부여했다는 것을 알게 했습니다.

　나타나엘이여, 그 모든 책들을 우리는 언제 불살라 버릴 것인가! 바닷가의 모래가 부드럽다는 것을 책에서 읽은 것만으로는 만족할 수 없다. 나의 맨발이 그것을 느끼고 싶은 것이다. 먼저 감각이 앞서지 않는 지식은 일체 나에게 소용이 없다.

　행복의 순간을 신이 내려 주신 것으로 생각하는 사람이 있다. 그럼 다른 순간은 신이 아닌 누가 주었단 말인가? 나타나엘이여, 신과 그대의 행복을 구별하지 말라.

　이런 지드의 외침은 개방된 본능, 거리낌 없는 열애, 영원한 것들에 대한 동경을 나에게 부채질 했습니다. 그러나 그녀의 노트를 더 많이 볼 수는 없었습니다. 민희는 부모님을 따라 그해 가을 미국으로 이민을 갔기 때문입니다. 떠나면서 그녀는 익숙한 데생 솜씨로 6호 크기의 지드 초상화를 하나 그려 주었습니다. 그 밑에는 역시 『지상의 양식』 한 구절이 적혀 있었습니다.

　내가 그대를 사랑하는 것은 그대가 나와 다르기 때문이다.

나는 그대 속에 나와 다른 것만을 사랑한다.

1966년 여름 휘문출판사에서 전 5권의『앙드레 지드 전집』이
나왔습니다. 그때는 막 군에서 제대한 뒤이니 주머니 사장이 참
궁색했지만 선뜻 그 책을 샀던 것은『지상의 양식』에 대한 감격과
민희를 오래 기억하고 싶은 향수 같은 감정에서였을 겁니다.
　『지상의 양식』은 다음과 같이 끝납니다.

나타나엘이여, 이제는 나의 책을 던져 버려라.
거기서 너 자신을 해방시켜라. 나에게서 떠나가라.
그대의 진리가 어느 다른 사람에 의하여 발견될 수 있으리라고
생각지 말아라. 그대와 마찬가지로 남이 쓸 수 있는 글이라면,
　그것은 쓰지 말라.

줄탁동시 ｜啐啄同時

　　실제로 있었던 일인지 웃자고 지어낸 말인지 알 길이 없으나,
입시 설명회 때 있었던 일이라고 한다. 입학 관계자가 천 원짜리
지폐를 펴 보이며 이 분이 바로 성균관대학교 졸업생이라고 했다.
다시 주머니에서 5천 원짜리 지폐를 꺼내 이 분도 성대 출신이라고
소개했다. 조선 500년 동안 학문의 맥을 이끈 두 분, 퇴계 이황과
율곡 이이가 성대를 다녔다고 하자 사방에서 박수가 터졌다. 그뿐이
아니란 듯 다시 만 원 권(세종대왕)과 오만 원 권(신사임당)을 흔들며
성균관 재단 이사장과, 성균관 학부모 대표(육성회장)라고 소개하여
청중을 크게 웃겼다는 말이 있다.

　　이렇듯이 우리의 모교 성균관은 용비어천가의 한 구절처럼 '뿌리
깊은 나무'이고 '샘이 깊은 물'이 분명하다. 세계 어느 대학에 '건학
600주년 기념관'이 있기 쉬우며 600년 세월을 간직한 기숙사가 있단

말인가? 천하의 수재들이 공부하던 명륜당 앞에 두 줄로 다소곳한
동재東齋에는 아직도 정암 조광조 선배의 서릿발 같은 기상이 서려있고
서재西齋는 다산 정약용 선배가 마음껏 재주를 뽐내던 조선 시대
최고의 기숙사였다. 지금은 어떨지 모르지만 1960년대 내가 학생이던
때만 해도 동재, 서재에서 동양철학과 학생들이 유학의 맥을 이으며
책을 읽고 있었다. 이 뿐 아니라 대성전에는 신라 시대의 최치원이나
설총 같은 명유名儒가 모셔져 있다. 600년 선배들이 학문을 닦던
바로 그 터전에서 지금도 면학에 매진하고, 1300여 년 전 명현名賢의
위패가 있는 곳에서 심성을 수련할 수 있으니 이 모두 우리 성균인의
영광이다.

그러나, 성균인에게 이런 선배들이 있다는 것을 자랑하기 이전에
그 선배들이 뼈를 깎는 고통을 이겨내고 최고의 학풍을 확립했던 그
정신을 우리는 이어받아야 한다.
퇴계는 벼슬길에 나가서도 무려 23회나 '걸치사장乞致仕狀'을
올렸다. 즉 벼슬을 사양하고 고향에 가 학문 연구에 전념하고자 했던
것이다.
율곡은 16세에 어머니 사임당을 여읜다. 3년 시묘侍墓 살이를
마치고 삶과 죽음의 경계에 서 있는 인간의 허망함을 이기지 못해
1년간 금강산에 들어가 승려가 되기도 했다.
두 분에게 이런 치열한 자기 성찰의 시간이 있었기에 오늘날
해동공자 이황이 있고, 구도장원九度壯元을 한 율곡이 있다는 것을

우리가 알아야 한다.

공자는 "옛일을 배워서 새로 나아갈 바를 깨달으면 가히 남의 스승이 될만하다(온고이지신溫故而知新 가이위사의可以爲師矣)"고 했다. 우리 성균인들이 이런 선배들의 통렬했던 한 평생을 이해하고 사표로 삼는다면 감히 남의 스승이 될만하다고 확신할 수는 없지만, 한 가정의 가장으로서 혹은 한 집단에서 꼭 필요한 사람, 있어야 할 사람이 되는 데는 모자람이 없을 것이다.

요즈음 대학 순위 평가에서 우리의 모교가 선전善戰하고 있는 것에 모두가 환호하지만, 이 평가 항목 속에는 근무처의 만족도에서 성대 출신이 최고점을 받고 있다는 점은 매우 시사적이다. 이것이야말로 모교에서 유학儒學 과목을 1년간 이수하면서 배운 사양지심辭讓之心이나 측은지심惻隱之心의 발로가 아니겠는가?

줄탁동시啐啄同時라는 말이 있다. 부화를 마치고 알에서 나오려 병아리가 안에서 껍질을 쫄 때, 이를 알고 어미 닭이 밖에서 동시에 껍질을 깨뜨려서 병아리의 탈각脫殼을 돕는다는 말이다. 동양에서의 성균관으로 600년간 부화의 시기를 기다렸다면, 이제 세계 속의 성균관으로 알을 깨고 전 세계에 고고성을 울리기 위해 우리 성균 총동창회가 어미닭 구실을 하는데 일조一助해야 한다고 나는 생각한다.

어찌 우리가 퇴계나 율곡 같은 스펙으로 후배들의 사표가 될 수 있겠는가마는 조선 성균관의 마지막 선배이기도 한 단재 신채호 선생의 불굴의 민족혼을 후배들은 잊지 않을 것이며, 반독재의 기치를 높이 들고 명륜 벌을 표호하며 민주화의 대열의 선두에 섰던 지난날 이름 없는 선배들의 기상을 후배들은 은연중에 배웠을 것이다.

이렇게 인의예지라는 고매한 심성이 성균인 의식 저변에 각인되어 있으니, 이제는 창의적으로 사고하고 합리적으로 행동하는 미래의 성균인의 탄생을 위해 우리 모두 팔을 걷고 후배들을 흔들어 깨울 시기가 지금이라고 나는 감히 말한다.

고수열전 高手列傳

페르퀸트Peer Gynt는 바람둥이 청년입니다. '솔베이지'라는 청순한
소녀를 만나 언덕 위에 오두막집을 짓고 잠시 행복했지만 타고난
방랑벽으로 그녀를 떠나 버립니다. 세파에 시달리며 젊음을 탕진한 채
그는 아무 것도 소유하지 못한 늙고 병든 몸으로 고향을 찾습니다.
양지 바른 곳에 쭈그려 앉아 양파 껍질을 벗기며 중얼거립니다.

"이 놈은 내 인생을 닮았단 말이야. 까도 까내도 껍질일 뿐,
어디에도 알맹이는 없네…….."

이 때 저편 오두막집에서 남편을 기다리느라 머리가 하얗게 센
여인이 물레를 저으며 그 유명한 솔베이지송Solveig's song을 부릅니다.
페르퀸트는 그녀의 품에 달려가 마지막 평화를 얻습니다. 참는 것,
용서하는 것, 기다리는 것, 이런 여성적인 본질에 의하여, 승리라는
이름을 내 걸고 세상을 아수라장으로 만드는 정복하고, 파괴하는

남성적인 추악함은 구원을 받는다는 입센의 메시지는 21세기
오늘날에도 위대합니다.

　서양 영화를 보면 좀 싱겁습니다. 출근하면서 아내에게 키스까지
했는데, 점심때가 되면 집으로 전화해서 또 나는 당신을 사랑한
답니다. 그런데 그렇게 몇 년 살다가 사랑이 식었다고 이혼하는
경우도 종종 있습니다. 우리 할아버지 할머니들은 얼굴 한번 못 보고
혼인이란 것을 했는데도 오남 삼녀 줄줄이 낳고 잘만 살았는데.
　아내의 고어 '안해'를 '안방에서 빛나는 태양'의 뜻이라고 우기면
이건 견강부회가 될까요? 담뱃대 터는 소리만 듣고도 저 영감 탱이가
오늘은 왜 심술이 났는지, 안방 문 여닫는 소리만 듣고도 저 할망구가
오늘 기분이 좋은지 나쁜지 훤히 다 알며, 우리 할아버지 할머니들은
백년해로 했습니다.
　말은 자신의 감정을 숨기기 위해 사용되는 수가 종종 있습니다.
머리와 입으로 하는 사랑에는 향기가 없다는 말이 진정이라면
"나는 당신을 사랑한다."는 말은 부부간에 오히려 사족일 수도
있습니다. 사랑은 머리에서 가슴으로 내려와야 합니다. 사랑은 그를
위하여 맛있게 배춧국을 끓여주는 일이며, 그녀를 위하여 무딘 칼을
갈아주는 실천입니다.

　예전에 중국 소림사에는 이상한 화장실이 있었다고 합니다.
외나무다리 같은 위험한 받침대가 하나 있을 뿐입니다. 아침이면

스승과 제자들이 나란히 쭈그리고 앉아 큰일을 봅니다. 무거운 것이 떨어지니 똥물이 튀어 오릅니다. 초년생은 발판에서 떨어지지 않는 것이 급선무니 그것을 다 몸에 묻힐 수밖에 없습니다. 5년 차 제자는 조금 익숙해져 요리저리 궁둥이를 움직여 그놈을 피합니다. 10년 차 제자는 내공의 힘으로 기氣를 발합니다. 그러면 튀어 오르던 오물이 중간에서 안개처럼 가루가 되어 없어집니다. 백발이 성성한 스승은 태평스럽게 그 똥물을 다 뒤집어씁니다. 바지춤을 여미면서 묻은 것을 툭툭 털어내면 그곳에서 이상하게 향내가 납니다.

이 세상에는 미처 우리가 알아차리지 못 하는 광막한 세계가 분명 있습니다. 노스님의 똥물 튄 바지춤에서 향내가 나는 것이 초년 제자에게는 기적이겠으나 노스님에게는 일상입니다. 한 때는 우리 아버지가 이 세상에서 기운이 제일 센 사람으로 알았던 시절이 있기도 했습니다. 그리 넓던 초등학교 시절의 운동장은 이제 보면 왜 그리 빈약한가요? 사막에는 분명 오아시스가 있는 것처럼 천당이나 극락 또한 어디엔가는 있을 지도 모르겠습니다. 낙타 위에서 방황하느라 노상 사막의 신기루에 속는 것은 나의 어리석음입니다.

삼국지의 제갈량은 '능히 속일 수 없는 불가기不可欺' 관운장은 '감히 속일 수 없는 불감기不敢欺' 유비는 '차마 속일 수 없는 불인기不忍欺' 같은 인물로 이해됩니다. 말을 바꾸면 한 집안에 사는 몇 살 위의 형은 아무리 해도 속일 수 없습니다, 아버지의 그 서슬 퍼런 위엄 앞에서는 주눅이 들어 감히 속이지 못합니다. 그런데 엄마는 만만해서 콘사이스 값을 받고 나서도 딕셔너리 산다고 돈을 또 타 냅니다. 그래도 엄마는 우리를 위해서 얼마든지 속아줍니다. 그래서 우리는 철이 들면서 엄마를 차마 속일 수 없게 됩니다.

죽으면서 유비는 아들 유선을 제갈량에게 절하게 하고 유언을 합니다. "내 미약한 아들을 부탁하오. 승상이 보아 임금감이 못 되면 승상께서 왕이 되어 이 나라를 보존하시오." 천하의 제갈량은 섬돌에 이마를 찧어 피를 흘리며 "제가 어찌 작은 주인을 섬기는데 소홀하겠나이까?"라며 오열합니다.

세종대왕 시절 태평성대를 열었던 삼가정승三可政丞 황희黃喜나, 소를 타고 다녔던 맹사성孟思誠 같은 분들은 모두 '차마 속일 수 없는' 이름의 대표일 것입니다. 차마 속일 수 없었던 황희, 맹사성 같은 청백리가 나라를 다스렸던 조선 세종 때가 가장 국운이 번창하였던 것은 우연이 아닐 것입니다.

구용소전 丘庸小傳

로댕은 명성을 얻기 전에는 고독했다. 그리하여 그가 얻은 명성 때문에 더욱 고독하였으리라. 명성이란 하나의 이름을 싸고도는 온갖 오해의 총체에 지나지 않기 때문이다.

오해란 이름을 싸고도는 법이지 작품을 싸고도는 것은 아니다.

릴케가 쓴 「로댕론」의 첫 구절입니다. '현대문학 특강' 시간에 구용 선생님이 들려주신 말씀이기도 합니다. 50년 전의 강의 내용을 기억해 낸다는 것은 참으로 불가사의한 일이지만, 그때 배우던 교재 『문학각론(김구용 편저)』한 모퉁이에 낙서처럼 서툴게 써 놓은 내 필적이 남아 있어 기억을 도와줍니다. 그리고 선생님의 이 한 말씀 때문에 릴케라는 시인에 대해 호기심을 갖게 되었습니다. 선생님은 대문과 같은 존재였습니다. 대문을 나서면 도랑도 흐르고 그 도랑을

따라가다 보면 숲길로 이어지듯 세계 문학의 커다란 숲으로 우리를
인도해 주셨습니다.

1961년 성균관 대학교에 입학해 보니 지금 '600주년기념관'이
우뚝한 그 자리에는 문과대학 3층 석조 건물이 명륜당 쪽을
향하여 서 있고, 작은 운동장 너머 법정대학이 아담하게
자리잡고 있었습니다. 우리는 문과대학 2층, 3층 강의실에서
주로 수업을 들었는데, 구용 선생님의 목소리는 나지막해서
앞자리에 앉으려 서둘러 강의실을 찾던 기억도 어사무사하게
떠오릅니다. 다다이즘이나 초현실주의 같은 이론이 내게는 새로운
지평이었습니다. 가늘게 쓴 분필 글씨 또한 압권이었습니다.

그대 관능의 십자로에서
마력이 넘쳐흐르는 이 밤에
그 낯설은 해후의 마음이 되라
그리하여 현세가 그대를 잊을 양이면
고요한 대지에 말하라. 나는 흐른다고
급류를 향하여 외치라. 나는 존재한다고.
─릴케, 「오르포이스의 소네트」

이런 시를 써 놓고는 한참 창문 밖을 내다보십니다. 우리에게
들으라는 건지 혼자 말씀인지 "참 잘 썼어. 나는 죽어도 이런 시 한

줄 못 쓸 거야." 이렇게 말씀하시며 그 선한 눈으로 제자들 얼굴을
하나하나 훑어보십니다. 우리는 선생님을 통하여 아폴리네르, 장
꼭도, 엘뤼아르, 앙드레 부르동 같은 시인들에게 한 발 다가설 수
있었습니다.

　선생님과 개별적으로 만날 기회는 별로 없었습니다. 대학 시절
하늘같은 교수님이시니 연구실로 찾아뵙는 것도 주눅이 들었고, 정초
세배를 가도 성춘복, 임중빈, 맹관영 이런 기라성 같은 선배들에게
싸여 계시니 어찌 내 이야기 차례가 왔겠습니까. 그래도 어찌어찌하여
선생님을 따라 마포 서정주 선생님 댁(사당동 예술인의 마을로
이사하기 이전)도 가 봤고, 동대문 옆 충신동 박종화 선생님의 고래
등 같은 기와집(이제 그 집은 흔적도 없이 도로에 묻히고, 평창동으로
옮겨져서 문화재의 풍모를 뽐내고 있습니다.)을 구경할 수 있었던
인연 때문에 구용 선생님은 내게 대문과도 같은 존재란 말을 감히 해
보았습니다.
　졸업하고 교직 생활을 하면서 참 열심히 읽었던 책이 비단 장정의
『구용 열국지(어문각)』 다섯 권입니다. 춘추전국시대의 파노라마가
국어 교사였던 내게는 새로운 지식의 보고였습니다. 어느 출판사
사장님이 인세 대신 통 크게 결혼 선물로 동숭동 한옥을 사드렸다는
뒷이야기가 들릴 만큼 선생님은 한적漢籍 번역의 권위자였습니다.
강단에서 폴 발레리나 영미 모더니즘을 강의하던 때와는 또 다른
모습이었습니다. 그때부터 한 권 한 권 모아 온 선생님의 책들이

이제는 완전 절판이 된 희귀본이 돼 버렸습니다.

『옥루몽』(1954, 정음사/1966, 현암사 2권) 『구운몽』(1962, 을유문화사) 『열국지』(1964. 어문각, 5권) 『삼국지』(1974, 일조각, 5권/2000 솔출판사 7권) 『채근담』(1979, 정음사, 중판) 『수호전』(1981, 삼덕출판사, 5권) 이런 책들은 내 나이 70이 되면서 책도 짐이 될 것 같아 소장본들을 다 제자 도서관으로 이양하면서도 아직 내가 지니고 있는 책들입니다.

그 중에서 『구용 열국지』는 3개 출판사 본이 있는데 각각 특징이 있습니다. 처음 나온 것이 앞에서 소개한 어문각 본으로 고전적인 삽화와 횡서 2단으로 짜여 있습니다. 두 번째 나온 책이 『동주 열국지』라 해서 1990년 민음사에서 재발행한 책입니다. 종서가 횡서로 바뀌고 한자 어휘도 줄어들었습니다. 세 번째 책은 2000년 솔출판사에서 펴낸 12권짜리 『동주 열국지』입니다. 상세한 주와 연표를 달아 춘추전국시대의 제반 역사를 알아보는데, 그 이상일 수 없이 소중한 책입니다.

그런데 내가 가지고 있는 이런 책들의 발행 연대가 『구용 김영탁 교수 정년 기념문집』의 연표와 약간 다릅니다. 『옥루몽』은 연보에는 1957년으로 되어 있는데, 내 책은 1954으로 3년이 빠릅니다. 『구운몽』은 연보에 아주 빠져 없습니다. 연보에 어문각 본 『구용 열국지』의 발행 연대는 1965년으로 나왔는데, 이 책의 초간본 발행 연대는 1964년입니다. 구용 선생님이 살아 계시다면 그런 시시콜콜한 것 따지지 말라 야단을 치시겠지만 차제에 집고 넘어갑니다.

선생님의 시, 일기, 산문 같은 것들은 2005년 솔출판사의 『김구용 문학전집』 전 6권에 다 담겨 있습니다. 단행본으로 나온 시집은 『시집 1』(1969, 삼애사) 『시』(1976, 조광출판사) 『구곡九曲』(1978, 어문각) 『송頌 108』(1982, 정법문화사) 등입니다.

불교와 노장철학이 녹아 있고 형이상학적인 상징의 세계를 노래하여 읽는 이들의 무장을 해제시키고 있습니다.

구용의 난해한 시들을 조금이라도 이해하고 싶은 분이 있다면 2001년 솔출판사에서 나온 『뇌염』과 『풍미』라는 두 권의 시집을 추천합니다. 편집자 주가 있고 김동호(김익배), 홍신선 교수님의 해설이 붙어 있어 읽는데, 조금 숨통이 트입니다. 연보에는 이 시집 두 권도 빠졌습니다.

목적이 없을 때가 사랑이다.
매일 같이 상하지 않으면 그러고도 생명인가.(5곡)
아버지, 누가 나쁜 사람이야. 이기고 진 것뿐이다.
세상에 그런 사람은 없다.(7곡)
한없이 부정否定하게. 사는 일이 왜 부끄러운가를.
허구 많은 일 때문에 밥 먹는 동안에도 부끄럽다.
무엇이 무엇을 다스리는지 아는가. 하느님만이 모르네(3곡)

이런 구절이 지천으로 깔려 있는 선생님의 장시 「구곡」은 난감하리만큼 어렵습니다. 어린 시절 4년을 금강산 마하연에서

보내고, 20대 초반은 일본군 징집을 피하여 충청도 동학사에서
공부하시며 쌓아온 반야심경의 상징성도 선생님의 시를 어렵게
만들어 준 요인이 아닐까 생각합니다. 또 『채근담』이나 『노자』
같은 동양 고전을 번역하면서 묻어난 동양정신의 정수들이 선생님의
사유의 폭을 넓혔다고 짐작해 봅니다. 거기에다 프로이드 류의
초현실주의가 가미되면서 동서양, 고대와 현대를 아우르는 시의
집을 지은 것인지도 모르겠습니다. 제 이런 요설饒舌을 들으시면,
선생님은 그 대단한 손아귀 힘으로 제 넓적다리를 움켜잡고 이렇게
말씀하실지도 모르겠습니다.

"이러면 어떨까. 자네는 어리군. 저러면 어떨까. 아직도 어리군.
어떻게 하면 좋을까. 역시 어리군. 영영 모르고 마는 걸까. 결국
어리군(6곡)"

그러면서 덧붙이시겠지요.

"무엇이 무엇에 성인聖人되기를 강요하는가. 나를 생각의
자(척尺)로 재는 것은 헛수고(6곡)"
라 하실지도 모릅니다.

대학을 졸업하던 1968년 정초에 설용훈 후배와 세배를 가니
글씨 한 폭을 내 놓으셨습니다. '金鵬來김붕래 雅正아정'이라 하고
'尺璧非寶척벽비보 寸陰是競촌음시경'이라 썼으니 그냥 써 놓은 것을 주신
것이 아니라, 내게 주려 일부러 쓰신 것이 분명합니다. 무릎을 꿇고
따라주시는 술 한 잔 받아 마시고는 그 글씨를 어떻게 읽으며 무슨

뜻인지 여쭤보지도 못하고 다음에 오는 세배꾼들에 밀려 동선동 한옥집을 서둘러 빠져 나왔습니다. '커다란 구슬이 보배가 아니니 오직 촌음을 아껴라'는 천자문의 한 구절은 지금도 내 방을 지키는 가보 제1호입니다.

선생님의 첫 시집은 1969년에 나왔습니다. 50 지천명 가까운 연세에 나온 늦은 시집입니다. 1949년 문예지 《신천지》를 통하여 문단에 등단하기 이전부터 써오신 시들이 산처럼 쌓였는데도 시집 한 권 내려 하시지 않을 만큼 선생님은 담백하신 분입니다. 제목 또한 '시집 1'이라 했으니 참으로 군더더기 한 점 없이 간결합니다. 시집의 뒷면에는 이상한 안내문이 한 구절 있습니다.

"어느 고마운 분의 뜻을 받들어 한국시인협회에서 이 시집을 편찬하게 되었습니다."

그 고마운 분의 후의가 없었으면 선생님의 시집은 훨씬 후에 나왔을 겁니다. 그 고마운 분은 문화 진흥에도 큰 관심을 보였던 육영수 여사님이라 풍문에 들은 듯한데 진위는 모르겠습니다.

비교적 선생님을 자유롭게 뵐 수 있었던 것은 1982년 교육대학원에 다닐 때였습니다. 그때 구용 선생님은 한 학기 동안 「구곡」을 강의하셨습니다. 그 소중한 해설의 말씀을 녹음해 둘 줄 왜 몰랐는지 두고두고 아쉽습니다. 강의가 끝나면 사방이 깜깜한 늦은 밤이었습니다. 캠퍼스를 가로지르는 오토바이를 보면 내 손을 꼭 잡고 "김군, 나는 저 오토바이가 세상에서 제일 무섭습니다."

하며 밤길을 더듬으셨습니다. 그 바람에 더러 모시고 동선동 선생님 댁까지 동행하는 행운도 생겼습니다. 성신여대 앞에는 선생님 단골 허름한 대포집이 있었습니다. 뭐 특별한 사적인 말씀은 없으십니다. "그렇지요, 다 고마운 일입니다." 막걸리 몇 잔 하시면 선생님 고유 어법이 저절로 나옵니다. 그때 이미 선생님은 이문열이라는 젊은 작가가 대단하다는 말씀을 몇 번 하셨습니다. 계산은 한사코 당신이 하셔야 직성이 풀립니다. "나 돈 많아요." 하며 내 손을 잡는 손아귀 힘은 예사 장력掌力이 아니었습니다. 그 손 힘이 '구용체'라는 명필을 탄생시켰는지 모르겠습니다.

선생님의 본명은 영탁永卓이고, 구용丘庸은 아호입니다, 1922년 경북 상주에서 태어나셨고, 2001년에 영면하여 경기도 용인공원묘지에 잠들어 계십니다. 1947년 모교인 성대 국문과에 입학(3회)하셨고 1956년부터 1987년까지 모교에서 시와 문학을 강의하셨습니다. 돌아가신지 1년이 되는 2002년 12월 23일부터 8일간 사간동 학고재 갤러리에서 선생님 글씨 전시회를 열었습니다. 『구용 선생 글씨전』에는 선생님이 생전에 선후배 제자들에게 써주셨던 글씨 80여점이 전시되었습니다. 내가 소장한 『척벽비보 촌음시경』은 그 중에서 연대가 꽤 오래 된 축에 들었습니다. 2005년 7월 16일 선생님의 시비가 강원도 백담사 경내에 세워졌습니다.

2001년 12월 28일, 선생님이 돌아가신 날 삼성병원 장례식장에서 문상을 마치고 나오니 펑펑 함박눈이 쏟아졌습니다. 설용훈 시인이 참 선생님 돌아가신 날답다며 뒤돌아 휘날리는 눈발 너머로 선생님이 모셔진 쪽을 멍하니 바라보았습니다.

선생님의 명복을 빕니다.

횡농고 시절

기억이란 것이 참으로 묘하다. 닷새 전 일이 어사무사한데 55년
전 일이 뚜렷이 생각나기도 한다. 고등학교 1학년 때, "문호, 영제,
복현이, 순우, 진상이……" 이렇게 성을 빼고 이름만 부르던 선생님이
계셨다. 지난 번 7. 10 동기회 야유회에 나갔다가 마침 옆 자리에
수원에서 조경 회사를 운영하는 3번 조복현 회장이 앉았기에 출석
부르는 이야기를 했더니 그 친구도 기억하고 있었다. 이계복 체육
선생님이었다는 친구의 말을 듣고 나니 옛날 그 분위기가 새삼 눈앞에
보듯 기억이 살아났다. 성질이 좀 급하셨던 다혈질이었는데 늘
라인^{line}, 선線, 줄의 세 단어를 함께 쓰셨다. "라인 선 줄 밟지 말아라."
"주번은 란인 선 줄을 잘 그어 놓아라." 따분한 이론 수업이 지겨울
때면 주번이 "선생님 라인 선 줄 그을까요?"라고 물으면 선생님은
화통하게 축구공을 내주시곤 했다.

체육이라면 이론 실기 다 싫어하던 내게 이런 추억이 아직까지 남아 있는 이유를 나도 알지 못하겠다. 그때 선생님이라면 응당 가장 큰 영향을 주신 원민희 국어 선생님이이 먼저 생각나야 맞는 순서다. 지금같이 책이 흔하지 못했던 1958년의 일이니 선생님 책상에 꽂혀있던 소월 영랑 시집, 박종화 삼국지 같은 책들은 목마른 나그네에게 샘물처럼 신선한 양식이었다. 나는 원민희 선생님과 한 동네(우천면 두곡리)에 산다는 것 자체가 자랑스러웠는데 숙기가 없어 많이 찾아뵙지는 못했어도 습작 노트를 훑어보시고 이것저것 많이 지적해 주셨던 것이 내가 국문학과로 대학을 선택한 동기의 하나이기도 했다.

서울사범대학 물리학과를 갓 졸업하고 신사의 풍모를 그대로 보여주신 권오준 선생님. 존 메이스필드의 「서녘바람」을 영어로 외워오지 않았다고 장작개비로 머리를 내리쳤던 김의득 선생님, 그리고 와신상담 오월동주의 고사를 훈화처럼 들려주던 3학년 때 담임 윤화중 선생님, 모두들 오늘의 내 실오라기만 한 지성의 상수원으로 기억되는 분들이다.

2학년 때 담임선생님은 경북대학 화학과를 졸업하신 이병주 선생님이다. 어려운 우리의 처지를 잘 이해해 주면서 큰 형님 같이 너그러운 분이셨는데, 어느 날 조회 시간에 무거운 얼굴로 교실에 들어오시더니 아무 말 없이 칠판에 햄릿의 독백을 적으셨다

"To be or not to be that is question. To die To dream……."

교감 선생님이 아버님의 부음을 듣고 고향으로 가다가 교통사고로 돌아가셨다는 두 부자의 비보를 전하면서 사람이 죽는다는 것은 꿈꾸는 일인지도 모르겠다며 햄릿의 명구를 인용해 주셨다. 이런 인연으로 나는 대학시절 교통비를 아껴 드라마 센터에서 김동원이 햄릿 역을 했던 연극을 볼 수 있었다. 모두 잊을 수 없는 고마운 은사님들이다.

우리는 고2, 5월까지 마산리 캠퍼스에서 배우다가 1959년에 지금의 교사로 이전하였는데 그 전에는 캠퍼스도 넓고 하여 매월 학년 대항 배구 대회가 있었다. 1학년인 우리가 2, 3학년을 꺾고 우승을 하기도 했다. 1번 이문호가 전위 센터로 화려한 공격을 했고 주 수비는 하프 센터를 했던 서청하 동문이 맡았다. 적당한 키의 서청하 동문의 수비는 일품이었고, 아직껏 총동문회 부회장이자 횡성의 마당발로 우리 7. 10회 동기들의 자랑이 되고 있다.

그때 우리는 축산각론, 농업통론, 가축위생을 배우던 농고 학생이었으니, 대학 진학 준비에는 열악한 환경이 한둘이 아니었다. 그러던 우리에게 신선한 충격을 준 사건(?)이 있었는데 그것은 1년 선배 변준일 형이 경희대학 장학생 시험에 합격한 것이었다. 딱 한 과목만 기준점에 도달하면 자동 합격은 물론 전 학년 장학금까지 받을 수 있어서 궁하기 이를 데 없었던 우리에게는 복음이 아닐 수 없었다. 더구나 변 선배는 같은 문예반 활동을 하던 관계로 잘 알던 처지라 나도 그 꿈을 꾸고 국사 공부에 몰두했던 기억도 난다. 물론 그 장학생 선발 시험에는 보기 좋게 고배를 마셨지만. 10여 년 전 변 선배가 서울지역 동문회장이 되면서 동문회보 제작에 협조했던 기억도 함께 떠오른다. 지금도 모교에는 교지가 나오는지? 당시에는 프린트 판으로 《도향稻香》이라는 교지가 있었는데 변 선배가 문예부장을 하면서 편집한 책이라 내가 50여 년 간 보관해오던 그 교지를 드린지도 꽤 오래 됐다.

모두 강산도 변한다는 10년이 5번도 더 지난 이야기다. 내가 다닐 때는 횡농고였는데 횡실고, 횡종고로 변했다가 지금은 횡고로 바뀌면서 인문계 학교가 되었다. 횡성군 횡성읍 마산리 변두리에 있던 교사가 횡성 읍내로 옮기는 동안, 은사님들은 거의 유명을 달리하셨고, 개구쟁이 친구들은 '인생칠십고래희'의 그 나이도 이제 지나쳤다. 친구들의 굵게 패인 주름살마다 새겨진 추억들이 어제인 듯 새롭지만 추억을 공유할 친구가 있다는 것이 그나마 위안이 된다. 문호, 영제는 벌써 저 세상 사람이 되었다. '죽는다는 것은 꿈꾸는 일'이라면 성질 급해 일찍 떠나버린 친구들은 언제쯤 긴 잠에서 깨어나 다시 옛 일을 함께 회고할 수 있을까?

아폴로 11호의 추억

1969년 7월 20일, 이날은 아폴로 11호를 타고 달나라에 갔던
닐 암스트롱에게는 "이것은 나 한 사람이 내딛는 작은 발걸음이지만.
인류 전체에 있어서는 위대한 발걸음이 된다…….." 식의 회심의
날이었겠지만, 나에게는 그날이 바로 천지개벽을 할지도 모를 운명의
날이라는 기우杞憂로 공연히 심각해진 하루였다.

    '오늘 지구에 살던 사람이 달에 착륙을 하면 지구에는 두 사람이
줄고 달에는 두 사람이 늘어난다. 그러면 우주의 균형은 깨진다.
균형 잡혀 있던 천칭 위에 파리 한 마리가 날아와 앉아도 그 저울은
한쪽으로 기우는데…….'

    암스트롱이 달 표면에 첫발을 내딛는 순간, 미증유의 재앙이
발생할 수밖에 없을 거라는 생각에 우울해졌다. 그 우울한 이유는
과학이라는 것이 그렇게 호락호락한 것이 아니라서 절대 그런 이변이

일어날 일은 하지 않는다는 것을 잘 알면서도 왜 나는 이런 쓸데없는 생각을 하는가 하는 내 자신에 대한 우울이었다는 것이 더 적절한 표현이었을 것이다.

그날이 무슨 요일이었는지 생각나지 않는데 꽤 일찍 남산에 갔던 기억은 선명하다. 남대문에서 남산에 이르는 길은 내 젊었던 날의 자의식처럼 초라하고 우중충하기 이를 데 없었다. 왼쪽으로는 무슨 무슨 점집, 아무개 보살 등 남의 운명을 보아주는 신통력이 의심스러울 만큼 남루한 풍경의 무속인들이 진을 치고 있었고, 길 오른쪽으로는 형형색색의 여인들이 웃음을 팔고 있었다.

그날은, 남산공원 중턱에 있는 야외음악당 광장에 미국 문화원에서 대형 스크린을 설치해 놓고 아폴로 11호의 달 착륙 장면을 서울 시민들에게 보여준다고 해서 겸사겸사 남산을 찾았던 것이다. 1969년이면 흑백 TV도 자랑스러운, 호랑이 담배 피우던 시절이었으니 이 장관을 보러 모여든 인파가 인산인해를 이루었을 것은 불문가지의 사실이다.

그러나 내 발걸음은 쉽게 그리로 향해지지 않았다. 서울에 남산이 있다는 것이 참 축복이지만, 그것은 내 기쁨을 위해서보다는 쓸쓸한 날 혼자 걷기 좋기 때문이었는데, 그날도 습관처럼 팔각정 쪽으로 우선 발길을 옮겼다. 팔각정에 오르는 계단 못 미쳐 식물원 앞에는 분수대가 있는데 낮에는 비둘기 떼의 현란한 비상이 아름다웠고, 일몰과 함께 오색 조명이 켜지면 무척 환상적인 분위기가 연출돼서 한 시간도 좋게 넋을 잃고 쳐다보아도 공상의 샘은 마르지 않을 때가 많은 좋은 휴식처였다.

또 남산공원 입구 길가에는 화려한 그림들도 많이 전시되어 있었다. 공원을 오르는 계단 좌측 케이블카 타는 쪽으로 난 인도 난간에 진열된 그림들은 지금 생각하면 아마추어 화가들의 모화模畵가 아니었나 싶지만, 값이 녹녹하지는 않아서 한 점도 사지는 못하고 남산에 오를 적마다 눈요기만 하고 지나쳤었다.

그날도 그림들을 꽤 오래 보다가 해가 넘어가서는 예의 그 오색 분수 앞에 서서 현실도 저렇게 동화속의 세상같이 아름다웠으면 좋겠다는 생각을 했던 것 같다.

그날은 남산에 사람이 넘쳐나는 날이었으니 분수 주변도 붐빌 수밖에 없었는데, 저만큼 알 듯 모를 듯 낯이 익은 얼굴이 하나 눈에 띄었다. 눈이 마주치자 그 쪽에서도 잠시 망설이다 가볍게 목례를 했다. 그러나 기억이 나지는 않는다. 그때 다시 오늘이 지구의 종말일 거라는 생각이 스쳤다. 암스트롱이 달에 첫발을 디디는 순간 이 세상은 산산이 부서져 버릴 지도 모른다는 그 기우가 나를 용감하게 만들었다. 사람이 그립다는 생각을 하면서 그녀 옆으로 다가갔다. 우선 안녕하시냐고, 여기는 웬일이냐고 아주 예사스러운 인사를 하면서 그녀가 누구였던가? 내 나름대로 탐색전을 펼쳤다.

"웬일은요, 그림 철거하고 달 착륙하는 거 보러왔어요."

그러고 보니 길거리에 전시한 그림을 관리하던 여인이다. 그녀가

이발관 그림 수준은 아니니 한 폭 사보라는 둥, "세잔, 고갱은 너무
흔하니 칸딘스키 그림을 한번 보라"는 둥 마치 알고 지내던 사람에게
대하는 듯 붙임성이 있게 구경꾼을 대해 주던 생각이 났다.

"아, 온 세상이 난리네요. 달 착륙이 정말 성공할까요?"

"…… 갑자기 그림이 그리고 싶어지네요. 암스트롱이 달에
내릴 때, 월궁에 산다는 항아가 마중을 나오는 거예요. '웰컴
암스트롱'이라는 플래카드를 들고요."

나와 달리 그녀는 긍정적이고 낭만적인 어투였다.

"정말 아무 일도 없을까요? 인간은 지구에서, 달은 달에서
각각 제대로 꾸려나가면서 그렇게 살아야 우주의 섭리에 맞는 것
아닐까요. 나는 조금 으스스해지는데요."

"왜요, 천지개벽이라도 할까 그래요? 그러면 월궁月宮 항아姮娥의
얼굴은 뭉크의 그림 〈절규〉에 나오는 그런 표정으로 그리면
어떨까요?"

그녀가 선선히 응대해 주는 것도 그날이 특별한 날이었기
때문이었을 것이다.

우리는 그 인파로 복잡해진 음악당으로 가기보다는, 팔각정으로
오르다가 야외에 설치된 대형 스크린이 잘 보이는 곳에서 그
역사의 현장을 확인하기로 했다. 보통 때의 나답지 않게 그녀에게
주눅 들지도 않고 망설이지도 않았던 것은 내 나름의 그 '종말론'
덕분(?)이었을 것이다. 죽기를 각오하면 무엇을 못할까. 죽기 전에
뭔가 흔적이라도 이 남산에다 남기고 싶다는, 내 생각과 같은 생각을

그녀도 했는지 마치 오랫동안 사귄 사이라도 되는 것처럼 내게
스스럼없이 대했다.

"걱정 마세요, 며칠 전에 이 앞 점집 촌에서 점을 쳤는데요, 늘
지나다니는 처녀라면서 복채도 깎아 주더라고요. 나는 일흔다섯까지
산다고 했으니 오늘 죽을 일은 없을 거예요."

내 만화 같은 공상 이야기를 듣고 나서 그녀는 가볍게 대꾸했다.
팔각정 오르는 길목에서 내려다보는 오색 분수는 정말 아름다웠다.
음악당과 멀어질수록 소음도 잦아들어 마음은 아늑해졌고 우리는
편안한 자리를 찾아 앉아서 스크린을 내려다보았다. 아무리
큰 스크린이라 해도 그 먼 거리에서 제대로 보일 리는 없었다.
우리는 그저 자신의 행위에 정당성을 부여해야 할 만큼 옆구리가
허전했었는지도 모를 일이었다. 아무리 7월의 한가운데라 해도.

바람이 불었다. 그녀의 긴 머릿결이 내 뺨을 스치고 지나가기도
하고 향긋한 체취가 전해 오기도 했다. 그렇게 오래 앉아 있었다. 꽤
시간이 지나 음악당 쪽에서 환성이 터졌다.   우레 같은 박수소리가
들렸다. 우리도 박수를 치려다가 서로 손을 꼭 잡고 있다는 사실을
알게 되었다. 내 손인가, 그녀의 손인가 손바닥이 촉촉이 젖어
있었다.

우리는 구태여 그 손을 풀지는 않았다. 어두워서 잘 보이지
않았지만 아폴로 11호는 정말 무사히 안착하지 않았느냐고,
우리도 이렇게 무사하지 않느냐고, 그리고 기적은 달에서만 일어난

것은 아니지 않느냐고 그녀가 묻는 것 같았다. 그러나 그런 순간에
어울리는 그럴 듯한 코멘트를 내 머리로는 생각해 내지 못했다.
막막했다.

　"아폴로 11호가 남산으로 착륙하는 그림을 그리면 어떨까요?"

　겨우 이런 말이 내 입에서 나왔다. 참 지독한 동문서답.
현문우답이었다. 그래서 어느 시인은 말했나 보다. 말이 끝나는
곳에서 행동은 시작된다고.

　정확히 말하면 그날 아폴로 11호는 그녀와 내 가슴 위에
연착륙했던 것이다. 우리는 참 오랜 동안 그렇게 남산에 연착륙한
자세로 머물러 있었다.

　남산이 안고 있는 내 비밀 중의 하나다.

4 새로운 월령가

생명 연습

매일같이 상하지 않으면 그러고도 생명인가?

이것은 은사이신 김구용金丘庸 선생님의 장시 「구곡九曲」 중의 한 구절입니다. 아직도 잿불 속에 남아 있는 불씨처럼 가끔 꿈틀거리는 젊음을 느낄 때 생각나는 말씀입니다. 코카서스 산상에 묶여 있던 프로메테우스는 정오에 날아오는 독수리에게 매일같이 심장을 뜯기지만 그럴 때마다 새 심장이 샘솟듯이 생겨납니다. 이것이 바로 생명입니다.

정월 대보름날 손바닥만한 정원을 손질하다가 뿌리마다 벌써 물이 잔뜩 올라 있는 것을 보았습니다. 제주도에 제비 두 쌍이 날아왔다는 이야기는 보름 전에 신문에서 본 기억이 납니다. 도대체 그들은 봄기운을 어떻게 인지하는 것일까? 피를 흘리며 사랑을 하고 엄동설한에 벌써 봄을 느낄 수 있는 것이 생명이란 말인가?

요한 스트라우스는 겨울에 더 좋습니다. 라디오 다이얼을 돌리다 '봄의 소리 왈츠'라도 들을 수 있으면 그날은 행복한 겨울의 한밤이 될 것입니다. 봄을 주제로 한 것들이 겨울에 더욱 제 빛을 지니게 되는 것이 생명의 본질이란 말인가? 그래서 카뮈는 "나는 이 겨울의 한복판에서 내 가슴 속에 불굴의 여름이 있음을 안다"고 고백했을 겁니다. 진달래, 개나리, 라일락 순으로 봄은 그 찬란한 화장을 시작합니다.

그러나 나는 그 뜨거운 봄의 입김을 느끼면서 더욱 가난해 집니다. 서정주 같은 대 시인은 "무슨 꽃으로 문지른 가슴이기에 이다지 살고 싶으냐"고 기염을 토하지만, 나는 나의 봄을 마흔다섯 번이나 맞고 보냈는데도 생명의 가지에 꽃망울은 물론 잎 하나 제대로 움 틔우지 못한 것 같습니다.

하찮은 풀포기 하나도 일 년마다 피우는 꽃인데, 나는 내 인생을 곁눈질하면서 가화假花 조각이나 펄럭이는 마술사의 흉내밖에 내지 못했습니다. 이것은 진짜 생명이 아닙니다.

내가 스물세 살 때 "스물세 해 동안 나를 키운 건 팔 할이 바람이었다,"는 미당 서정주 선생의 「자화상」을 배우면서 나는 사십대 시인의 불혹의 안정이 매우 부러웠습니다.

삭이지 못했던 젊음의 소용돌이, 병든 수캐처럼 헐떡여야 하는 그 청춘의 열기를 식힐 수 있는 나이가 빨리 되었으면 바랐는데, 이제 사십 줄밖에 안 돼서 나는 벌써 파우스트 노인의 그 절망을 씹으면서 모든 것이 내 것 같았던 그 젊은 날, 그 봄날의 생명력을 무척이나 그리워하게 되었습니다.

개똥 위에 굴러도 이승이 좋다던가? 피를 흘리며 살던 그 젊음 속에 얼마나 많이 인생을 정면으로 바라보던 열정 같은 것이 있었던가? 이 겨울의 한 복판에서 젊음에 대한 향수가 한밤중의 갈증처럼 주체할 수없이 흘러나옵니다.

금년에도 겨울이 가기 전부터 대흥사나 오동도엔 동백꽃이 봉오리를 피우기 시작했을 겁니다. 그 향을 묻힌 한 가닥 해풍이 잘하면 내게도 이를지 모르겠다는 예감으로 입춘날 아침 남으로 향한 창문을 활짝 열었습니다. 늦은 나이에나마 진정한 작업에 대한 열정이 솟아오르길 바라는 마음에서였는데, 문득 꽃은 봄에만 피는 것이 아니라는 기특한 생각(?)을 했습니다.

해바라기나 국화는 가을꽃입니다. 들국화는 서두르는 법없이 아무도 봐주는 이 없는 외딴 곳에서도 한 해의 저물녘에 훌륭히 제 꽃을 피우지 않았던가? 빠르고 늦다는 것은 영원하지 못한 인간의 성급함으로 이해해야 되겠다는 생각이 들었던 겁니다.

내가 다시 소설을 쓴다면 다시는 주인공을 불행하게 만들지 않겠다는 다짐을 한 적이 있습니다. 새봄이 오면 아무 시외버스나 타고 달리다 동으로 흐르는 물줄기를 찾아 정갈하게 손을 씻고

매일같이 상하더라도 열심히 사랑하고 싸워나가는, 운명이 지워주는 어쩔 수 없는 파멸 속에서도 의연한 자세를 잃지 않는 주인공의 이야기를 써야 되겠다는 마음으로 봄을 기다리고 있습니다.

조춘서곡早春序曲

문 밖에는 함박눈 길이 막히고
한 시절 안타까운 사랑도 재가 되었다.
뉘라서 이런 날 잠들 수가 있으랴
홀로 등불 가에서 먹을 가노니
내 그리워 한 모든 이름들
진한 눈물 끝에 매화로 피어나라.

　　　－이외수, 「매화 삼경三更」

　초라한 선비의 집일망정 방에는 거문고가 있고, 창 밖에는 매화 몇 그루가 심겨 있었습니다. 그것은 100평 밭이 넓지는 않으나 그 반은 꽃을 심으려는 선비의 마음입니다.

　이슬람 성전『코란』에도 두 개의 빵이 있거든 하나는 수선화와 바꾸라고 했습니다. 빵은 육체를 기를 뿐이나 꽃은 정신을 기른다는 구절이 있습니다.

겨울의 한가운데인 동짓날 선비는 먹을 갈아 81 송이 매화를 그려 창가에 걸어 놓습니다. 이름하여 구구소한도^{九九消寒圖}라 합니다. 아침마다 한 송이 씩 붉은 칠을 해 나갑니다.

이렇게 81일이 되는 날은 대략 양력 3월 10일 경, 절기로는 개구리가 기지개를 켠다는 경칩 무렵이 됩니다. 외로운 선비의 방에 81 송이의 매화가 붉은 칠을 마친 날, 선비는 창문을 열어젖힙니다. 뒤뜰에 심어놓은 홍매가 바람결에 향기를 전합니다. 선비의 가슴 가득 봄이 만개합니다. 동짓날부터 선비의 가슴 속에는 이미 겨울이 녹아가고 있었던 것입니다.

오동나무는 천 년이 지나도 항상 그 곡조를 간직하고
매화는 일생을 춥게 살아도 그 향기를 팔지 않는다.
달은 천 번을 이지러져도 그 본질은 남아있고,
버드나무는 백 번을 꺾여도 새 가지가 올라온다.

조선 중기 시인 상촌 신흠의 시입니다. '梅一生寒不賣香^{매일생한불매향}, 桐千年老恒藏曲^{동천년로항장곡}' 이 대련은 그냥 글씨로도 좋지만, 매화 한 그루가 피어 있는 양지바른 방, 오동나무 거문고를 타는 선비가 있는 그림과 곁들인다면 금상첨화일 겁니다. 매화는 세한삼우^{歲寒三友} 송죽매^{松竹梅}의 표상이며, 매란국죽^{梅蘭菊竹} 사군자의 절개를 지닌 꽃이기에 이 땅의 선비인 양 많은 사람들이 사랑한 꽃입니다.

　옛날에는 딸을 낳으면 오동나무 몇 그루를 심었습니다. 오동나무는 심고 다음 해가 되면 아이들 키만큼 자랍니다. 그러면 밑동을 잘라줍니다. 다음 해 다시 아이들 키만큼 자란 나무를 또 베어 냅니다. 이렇게 몇 년을 뿌리가 땅 속 깊이 퍼져 나갈 때 까지 베어내야 자라서 속이 꽉 찬 나무가 됩니다. 나무는 제 키만큼 뿌리를 내릴 줄 압니다.

　그렇게 세월이 흘러 딸이 시집갈 때가 되면 그 오동나무를 베어 옷장을 만들어 혼수로 보냅니다. 남은 나무를 가지고 거문고를 만듭니다. 천 년이 지나도 제 곡을 지닌 명기가 됩니다.

　　백설이 눈부신
　　하늘 한 모서리
　　다홍으로
　　불이 붙는다.
　　차가울사록
　　사모치는 정화
　　그 뉘를 사모하기에
　　이 깊은 겨울에 애태워 피는가.
　　－정 훈「동백」

여수 향일암이나 남해 보리암 양지녘으로는 지금쯤 뜨겁게 동백이
피어 있을 겁니다. 우리나라에는 바닷가로 유별나게 관음 사찰이
많습니다. 관음보살은 "나무 관세음보살" 한 번만 외치면 그 소리를
듣고 달려와 우리의 영혼을 제도해 주시는 고마운 부처님입니다. 거기
가면 그냥 바다 냄새도 뭉클, 파도소리로 반기면서 벌써 겨울은 다
물러갔노라고 춘신을 전할 텐데, 나는 왜 이렇게 방에만 박혀 있는지
모르겠습니다. 집토끼가 돼 버린 탓일 겁니다.

아기 코끼리 시절 사육사는 굵은 밧줄로 코끼리를 도망 못 가게
묶어둡니다. 어른 코끼리가 되어도 밧줄로 묶어두면 당연히 그 줄을
끊지 못하리라 체념한다고 합니다. 매화나 동백 같이 그 여린 꽃들도
겨울의 독기와 싸우며 꽃을 피우는데, 매일 같이 시간이 넘쳐흐르는
나는 왜 봄을 찾아 남행열차를 못타는 걸까요? 한평생 시간이란
밧줄에 챙챙 동여매인 그 상처가 아직도 남아 있는 탓일까요?

그대 여기 계시지 아니하나
그대 뜻에 따라
이 봄의 풀잎은 일어서고
꽃들은 하늘에다 오색 종이를 날린다.
일어선 풀잎 하나만 보아도
일어서라 일어서라 일어서라고
누가 외치지 않아도
저 하찮은 들꽃들마저 일어서서

하늘에다 오색 등불을 매단다.
그대 여기 계시지 아니하나
그대 뜻에 따라
이 봄에 나도 풀잎으로 다시 일어서서
황사 흩날리는 하늘에다 새를 날린다.
아아, 이름을 짓지 않은 한 마리의 새를

—김종해 「이 봄의 축제」

내 방은 아직 겨울이 그대로 남아 있지만, 이 시를 읽으면 어디선가 봄을 실은 기차가 급하게 달려오는 착각이 듭니다. 누가 외치지 않아도 찾아오는 봄. 그 봄의 황홀한 감격을 내 평생 참 많이 누렸으니 제주도나 향일암을 생각하는 것은 사치일지도 모르겠습니다.

시인이 황사 흩날리는 하늘에다 날려 보낸 이름 짓지 않은 새! 그 새의 이름을 찾아주는 것은 바로 우리들의 몫일지도 모른다는 생각을 하며 봄을 기다립니다.

입춘별곡

입춘날 절기 좋은 철에 헐벗은 이 옷을 주어
구난공덕救難功德하였는가
깊은 물에 다리 놓아 월천공덕越川功德하였는가
병든 사람 약을 주어 활인공덕活人功德하였는가
부처님전 공양드려 염불공덕念佛功德하였는가

향도가香徒歌는 꽃상여 나갈 때 요령鐃鈴을 흔들며 부르던 노래인데
구슬프면서도 아름답습니다. 헐벗은 이에게 옷을 주었으니
망자亡者를 극락으로 천도해 달라. 망자는 입춘 절기 그 추운 날
월천공덕越川功德한 영혼이니 천당으로 보내 달라. 이런 향도가 다음에
이어지는 무덤을 다지며 부르는 달공 소리는 경쾌하기도 했습니다.
우리 조상님들은 죽음조차 어찌 이리 넉넉하였을까요?

우리들에게 봄의 개념은 다양합니다. 1년을 24절기로 나눌 때 봄의 시작은 입춘입니다. 제주도에서는 신구간이라 하여 입춘 전 10여 일에 이사 날짜가 몰려 있습니다. 길흉화복을 관장하는 1만8천여 잡신이 옥황상제께 인간 만사를 보고하러 하늘에 올라갔으니, 이 때 이사를 하면 부정을 타지 않고 동티가 나지 않는다는 설명입니다. 좀 더 현실적으로 생각하면 대한 추위가 물러갔지만 아직 농사를 시작하기는 이른 시기, 집수리를 하거나 이사를 하여 새해 농사 준비하기에 좋은 시기가 입춘 전후이기 때문일 겁니다. 이날 보리 뿌리를 뽑아 점을 치는데 싹이 세 가닥이면 그해 농사가 길하다는 예고가 된다고 합니다.

1년을 4등분 해 봄을 정하면 봄은 음력 3월 1일부터입니다. 이때가 되면 어린이들이 초등학교 입학을 하기도 합니다. 어린 것들이 바깥 출입을 해도 크게 추위 타지 않을 청명 한식 무렵이 진정한 봄인지도 모르겠습니다.

천문학적으로 따져서 밤낮의 길이가 같은 날인 춘분으로 봄이 정해진다면 3월 23일 무렵부터가 봄입니다. 서양에서는 이 춘분일이 잘 맞지 않아서 율리우스력을 보완하여 그레고리력이 탄생하기도 했습니다. 그러나 기상청의 정의는 또 다릅니다. 설명이 복잡하지만 9일 동안 평균 기온이 5도 이상 올랐다가 다시 떨어지지 않는 첫날이 봄입니다. 이런 계산법으로 기상청이 산출해낸 서울의 봄은 대충 3월 12일, 남녘의 매화가 화사하게 피어나는 시기입니다.

입춘 고사를 찾아보면 글방에 다니는 아이는 천자문天字文을 아홉 번 읽고, 서당에서 종아리를 맞아도 아홉 번을 맞았습니다. 나무꾼은 아홉 짐 나무를 하며, 노인은 아홉 발 새끼를 꼽니다. 계집아이들은 나물 아홉 바구니를, 아낙들은 빨래 아홉 가지를, 실은 감더라도 아홉 꾸리를 감습니다. 이런 입춘절 풍경은 각기 맡은 바 소임에 따른 공덕 쌓기입니다. 움츠려 살던 겨울에서 벗어나 한 해를 맞이하는 새 출발을 다짐하는 시기가 입춘이겠습니다.

아홉 번 한다는 뜻은 우리 조상들이 9라는 숫자를 가장 좋은 양수陽數로 보았기 때입니다. 삼 세 번이 세 번 있는 길한 날입니다. 그래서 9가 두 번 겹치는 '구구 팔십일'도 길한 숫자입니다. 동양 철학을 대표하는 중국 북경의 천단공원에 가면 9라는 수의 극치를 만날 수 있습니다. 황제가 천단天壇에 이르러 3일간 육식을 멀리하고 근신하여 동짓날 자시子時에 하늘에 제사를 지내는 장소가 천단의 원구단입니다. 그 원구단 한 가운데 천심석에서 황제가 하늘에 국태민안을 비는데 그 천심석을 9개의 돌이 감싸고 다음 줄은 9의 배수 18개의 돌, 이렇게 해서 마지막에는 9의 9배수 81개의 돌이 테두리를 감싸면서 9라는 숫자가 하늘이며 황제의 상징임을 표했습니다.

立春大吉입춘대길　建陽多慶건양다경

父母千年壽부모천년수　子孫萬代榮자손만대영

壽如山^{수여산} 富如海 ^{부여해}

掃地黃金出^{소지황금출} 開門百福來^{개문백복래}

堂上鶴髮千年壽^{당상학발천년수} 膝下子孫萬歲營^{슬하자손만세영}

입춘첩 중 흔하게 보이는 대련^{對聯}입니다. 대문 좌우에 여덟 八^팔
자 형태로 써 붙이면 일 년 내내 길하다는 일종의 자기 암시이자
언어가 주는 주술성이겠습니다. 추사 김정희 선생이 일곱 살 때 써
붙인 입춘첩을 보고 당대의 명재상 채제공이 대문을 두드리고 누구의
글씨냐고 크게 칭찬했다는 이야기도 있습니다.

건양다경建陽多慶이란 글귀는 그리 오래된 것 같지 않습니다.
1894년 갑오경장 이후 더 이상 중국 연호를 쓰지 않게 됩니다.
그냥 개국開國이라 하다가 1896년에 건양建陽이란 정식 연호를
씁니다. 자주독립국이 되었다는 감격으로 그해 전국방방곡곡에는
건양다경建陽多慶 국태민안國泰民安이란 대련이 붙었습니다. 이 전통이
이어져 지금은 그 뜻도 잊은 채 봄맞이 휘호의 대명사가 된 것
같습니다.

우수도 경칩도 머언 날씨에 그렇게 차가운 계절인데도
봄은 우리 고운 핏줄을 타고 오고 호흡은 가빠도 이리 뜨거운가?
산은 산대로 첩첩 쌓이고 물은 물대로 모여 가듯이
나무는 나무끼리 짐승은 짐승끼리 우리도 우리끼리
봄을 기다리며 살아가는 것이다.

－신석정「봄을 기다리는 마음」

시인들은 우수 경칩 훨씬 전부터 봄을 예감합니다. 『25시』의
작가 게오르규는 시인은 잠수함 속의 토끼와 같다고 했습니다.
구식 잠수함에는 토끼를 키웠다고 합니다. 사람보다 산소에 민감한
토끼가 괴로워하면 잠수함 속에 산소가 다 소진되었다는 뜻입니다.
부상하여 새 공기를 갈아 넣지 않으면 모두 질식해 쓰러질 것입니다.
우리가 아직 느끼지 못하는 봄을 시인이 예감하는 것입니다.

봄을 기다린다는 것은 떠나간 연인을 기다린다는 말과 같을지도
모르겠습니다.

입춘이 내일 모래네요. 지금부터 정월대보름까지 저도 무슨
공덕이라도 쌓아야 염라대왕님께 혼나지 않을까요? 편지라도 아홉
통 써서 늙어 적막한 친구들을 위로해 주면 그것도 지장보살께서
공덕으로 알아주실까요? 남산 한옥마을에서는 입춘 맞이 오신채五辛菜
비빔밥을 선보인다니 눈 밑에서 움돋아 상큼한 미나리, 달래로
잃어버린 입맛을 달래보는 것도 좋을 것입니다.

황무지

4월은 가장 잔인한 달

죽은 땅에서도 라일락은 자라나고

추억과 욕정이 뒤섞이고

잠든 뿌리가 봄비로 깨우쳐지고

겨울이 차라리 따스했거니

대지를 망각의 눈으로 덮고

메마른 구근으로 작은 목숨을 이어줬거니…….

　　　　-T. S. 엘리엇 『황무지』 중 「매장^{埋葬}」

4월부터 진짜 봄 같은 계절이 나타납니다. 청명 절기가 사직되고,
그리움 같은 아지랑이가 눈앞에 아른거리고 겨우내 적막했던
냇물은 제법 재잘거리며 그 수위를 높여갑니다. 그런데 1948년에

노벨 문학상을 받은 대표적인 영국 국적의 모더니스트 시인인 T.S. 엘리엇은 이 4월을 잔인하다고 노래했습니다.

그의 난해한 장시長詩 이 「황무지」를 전체적으로 다 이해한다는 것은 불가능한 일입니다. 그래서 만만한 이 도입부를 다른 사람처럼 저도 옮겨 적어 보지만, 이 부분 역시 아무래도 논리적으로 비약이 심한 역설적인 표현입니다. 그렇지만 희망의 4월을 가장 잔인하다고 이렇게 엉뚱한 소리(?)를 하는 것은 불친절한 시인 몫이겠습니다. 그 속에서 그가 감추고자 하는 나름대로 논리를 세우는 것은 읽는 사람의 일입니다.

들길은 마을에 들자 붉어지고
마을 골목은 들로 내려서자 푸르러 진다.

이것은 김영랑의 「오월」이라는 시인데 마을은 꽃으로 가득하고 들길은 신록이 우거졌다는 내용입니다. 겨우내 적막했던 이 대지가 이렇게 잎과 꽃으로 덮히기 위해서 풀과 나무는 무엇을 했겠습니까? 그 가녀린 가지로 햇볕을 끌어 모으고 연약한 뿌리를 뻗어 물을 빨아올리는 창조의 고통을 시인은 잔인하다 했는지 모르겠습니다. 그러나 그것은 고통을 넘어선 희열인지도 모릅니다. 출산한 아내의 그 파리하면서도 만족한 프로필을 우리는 기억합니다.

이 글을 읽으시는 분들은 대개 글쟁이(?)들이고 시 한 줄 쓰기 위해 고심한 경험은 다 가지고 계실 겁니다. 누구였던가 하루 종일 담배만 피우고 계속 원고지를 찢어 내니까 아내가 그랬답니다. "여자는 애도 낳는데, 그까짓 시 한편 못 써서 그리 보채느냐"고. 그러자 "당신이 낳는 애는 배속에 들어 있는 놈을 낳는 것이지만, 나는 지금 어디에도 없는 새로운 것을 끄집어내느라 당신보다 더 힘든 거요"라는 대답이 있었다고 합니다.

엘리엇은 이 무無에서의 창조의 고통을 '잔인'이라 표현한 것 같습니다. 여자들은 모르겠지만 완전무장을 하고 연병장 구보라는 고역을 통하여 진짜 사나이가 탄생합니다. 그러면 이제 '차라리 겨울이 따스하다'는 내용은 쉽게 유추할 수 있겠습니다. 겨울에는 최소한 생명의 연명만으로 다른 노력은 필요 없습니다. 무협소설을 읽든가 낮잠을 자면서 그 추위에 얼어 죽지만 않으면 되니 오히려 행복한 건가요? 더러 마른 소크라테스보다 살찐 돼지가 행복할 수도 있으니까요.

차라리 봄비에 언 땅이 녹으면서 잠든 뿌리가 라일락을 피워내야 하고, 그 연초록 색깔과 짙은 향기로 우리의 추억과 욕망을 불러오는 것이 그 몇 배 괴로울 수도 있습니다. 뜨겁게 사랑하지 못했던 후회의 아픔이 산처럼 몰려옵니다. 아름다운 고통입니다.
'따뜻한 겨울'에 중독된 사람들에게 앙드레 지드는 다음과 같이 외칩니다.

탈출하지 않는다. ─이건 잘못이다.

탈출할 수가 없다. ─그러나 탈출하지 않기 때문이다.

벌써 밖에 있다고 믿기 때문에 탈출하지 않는다.

만약 자기가 갇혀 있다는 것을 사람들이 안다면 적어도 나가려는
욕망이라도 가질 텐데.

─앙드레 지드 「지상의 양식」

4월은 눈 뜬 자가 겪어야 되는 찬란한 고통의 계절이었기에
김영랑도 찬란한 슬픔을 '나는 아직 기다리고 있을 테요. 그 찬란한
슬픔의 봄을'이라고 노래했습니다. 또 서정주는 「봄」이라는 시에서
'복사꽃 피고. 복사꽃 지고. 뱀이 눈뜨고. 초록제비 묻혀 오는
하늬바람 위에 혼령 있는 하늘이여. 피가 잘 돌아 아무 병도 없으면
가시내야. 슬픈 일 좀, 슬픈 일 좀 있어야겠다'고 봄을, 4월을
노래했습니다. 사랑도 모르는 계집애, 너도 나처럼 그 열병을 한 번
알아보라는 서정주의 저주가 참으로 잘 어울릴 봄이 우리 앞에 전개
됩니다.

4월이 왔습니다. 겨우내 비겁했던 가슴을 털어내고 피를
흘리더라도 고통 앞에 정면으로 맞서서 총을 들든 펜대를 잡든 잠든
우리의 영혼을 깨울 시간입니다.

적자지심赤子之心

신이 아직 인간을 포기하지 않았다는 전갈을 가지고
모든 어린이는 태어납니다.

존 그룬, 세계 어린이 회장의 연설한 구절입니다. 잠시 하나님과
아브라함의 대화가 생각납니다. 21세기 현실만큼이나 타락한
소돔과 고무라를 벌하실 하나님의 의향을 알고 이곳에 50인의 의로운
이가 있는데도 모든 의롭지 못한 사람들과 더불어 함께 멸하겠느냐고
묻습니다. 하나님은 그곳에 50인의 의인이 있다면 그들을 위해
소돔과 고모라를 용서할 것을 말합니다. 아브라함은 낮추고 낮춰
10인 의인이 있다면 용서받을 약속을 얻습니다.
　　그러나 소돔과 고무라에는 10인의 의인조차 없어 도시는
유황세례를 받아 파멸합니다.

맹자는 이렇게 말했습니다.

"대인이란 아이적의 마음을 잃지 않은 사람이다(大人者대인자
不失其赤子之心者불실기적자지심)."

더러 나무와 풀을 생각합니다. 그들에게 산해진미는 아무 의미가
없습니다. 그저 잎으로는 가득 햇볕을 받아들이고 뿌리로는 물을
빨아올릴 뿐입니다. 어떤 어린이도 세상 명예와 부귀에 연연하지
않습니다. 이 '적자지심'에 대해 참으로 많은 해설이 있겠으나 제
생각에는 나무에게 물과 햇볕만 필요하듯 모든 어린이에는 사랑
하나면 이 세상은 천국입니다. 이런 전제를 앞세우면, 다음 말이 더욱
실감이 갑니다.

어린이들은 아침이면 눈을 뜨기 전 먼저 입을 벌려 미소를
짓습니다. 미소를 짓고 나서 눈을 뜹니다. 어른들이 피로를 누르고
간신히 눈을 뜨면서 머리조차 움직일 수 없어 할때 말입니다.
우리들도 어린 시절에는 미소 지으며 눈을 뜨고 잠 잘 시간이 되어도
잠들고 싶지 않아 오래도록 깨어 있었지요. 아이들은 '지금'이 순간의
존재로서 인생을 사랑하고 있습니다. 압바스 키아로스타미, 〈내
친구의 집은 어디인가〉를 감독한 이란 영화감독의 말입니다.

언젠가 제 손자가 물었습니다.

"할아버지, 왜 착한 어린이는 일찍 자야 해요?"

나는 할 말이 없어 녀석의 궁둥이만 툭툭 쳐주었습니다. 어린이는

바로 지금이 행복한 것입니다. 그 녀석에게는 잠자는 시간도 아까울
만큼 지금이 행복한 것입니다.

언젠가 읽었던 신약성경 한 구절에도 마음을 고쳐 어린이처럼 되지
않고서는 천국에 들어가지 못할 것이라고 쓰여 있었습니다.
"집 안에 아이들이 없는 것은 지구에 태양이 없는 것과 같다."
이것은 영국 속담입니다.

하늘에 무지개를 바라보면
내 마음 뛰노나니
나 어려서 그러하였고
어른이 된 지금도 그러하거늘
나 늙어서도 그러할 지어다.
아니면, 이제라도 나의 목숨을 거둬 가소서

어린이는 어른의 아버지
원하노니 내 생애의 하루하루가
천생의 경건한 마음으로 이어질진저……
－윌리엄 워즈워드「무지개」

제 경우 무지개는 어떨지 모르지만 엄마 손 꼭 쥐고 앙증맞게
걷는 어린 것들을 보면 정말 웃음이 납니다. 그 녀석들과 눈을 맞추고

싶어서 걸음을 멈춥니다. 그들에게 엄마 하나면 세상 모두가 제 것입니다.

할아버지 물러가시오. 아버지 어머니 물러가시오.
선조들도 물러가시오. 일은 끝났습니다.
이제 어린이를 위해 구경거리가 시작됩니다.

프랑스 작가 플로베르인지 정확한 기억이 나지 않습니다.
우리들에게 내일의 희망이 있다면, 그 내일의 주인공이 바로 어린이이기 때문일 겁니다.

혼정신성 昏定晨省

태평성대를 이야기할 때 요순시절이라고 합니다. 순임금은 지극한
효자이기 때문에 요임금으로부터 임금의 자리를 물려받습니다.
이 순임금의 효도에 대해서 한 제자가 맹자에게 물었습니다. 만약
아버지가 살인을 했다면 순임금은 어떻게 했겠습니까? 순임금은
자신의 아버지라 달리 대하진 않았을 것이다. 잡아다 감옥 깊이
감금했을 것이다. 맹자는 계속 설명합니다. 그리고 그날 밤 몰래
감옥 문을 열고 아버지를 뒤쳐 없고 바닷가로 도망쳤을 것이다.
순임금은 거기서 촌부로 아버지를 봉향하며 평생 즐거웠을 것이다.
『맹자』「이루離婁」장에 나오는 이야기입니다.

내리 사랑이란 말은 있어도 치사랑이란 말은 없습니다. 누가
가르쳐주지 않아도 자식 사랑은 변함이 없으나 늙은 부모를 모시는

일은 점점 짐스러워가는 것이 오늘의 현실입니다. 자식을 사랑하는 본성이 예전이라고 없었겠습니까만, 그보다는 효도의 우선을 교육을 통하여 세뇌시켰던 것이 조선 500년이었습니다. 조선 초기 세종 때 이미 삼강행실도가 편찬된 것은 이런 내력입니다.

손순孫順이란 젊은 부부가 늙은 어머니를 봉양하는데 어린 딸이 철없이 노모의 반찬을 받아먹습니다. 두 부부는 자식은 또 낳으면 되지만 부모님은 다시 모실 수 없다고 의견 일치를 보고 어린 딸을 산에 데리고 가 묻을 땅을 팝니다. 거기서 커다란 종이 나와 이상히 생각하고 그 종을 쳐봅니다. 맑고 큰소리가 궁궐까지 들렸습니다. 그 연유를 안 임금이 재물을 하사하고……. 이런 이야기는 『삼국유사』에 나옵니다. 자식과 부모의 우선 순위가 옛날과 지금은 많이 다릅니다.

백유읍장伯兪泣杖이란 중국 고사도 유명합니다. 한백유의 어머님은 엄격해서 잘못이 있으면 늘 회초리를 들었습니다. 종아리를 맞던 백유가 어느 날 눈물을 뚝뚝 흘립니다. 내 너를 한평생 때렸지만 늘 씩씩하던 네가 오늘 우는 이유가 무어냐고 어머니가 묻습니다. 전에 때리실 적에는 많이 아팠는데 이제는 그렇지 못해 어머님의 기력이 많이 쇠약해 지셨으니 그것이 서러워 울었습니다. 효도란 가슴으로부터 우러나오는 것입니다.

실천적인 효도에 대한 옛이야기도 재미있습니다. 유명한 효자가 있었는데, 어떻게 어머니를 모시는지 찾아가 본 사람이 있었습니다. 마침 그 효자는 막 밭일을 마치고 점심 먹으로 집으로 온 참이었습니다.

집에 오자 "어머니 일하고 왔습니다"라고 말하며 마루에 누워 버립니다. 그때 방에서 머리가 하얗게 센 파파할머니가 나옵니다. 그 어머니는 우물에서 물을 길어다 누워 있는 아들의 발을 정갈하게 씻어줍니다. "무슨 효자가 저래" 하며 실망하던 객이 어머니의 얼굴을 보고는 깜짝 놀랍니다. 아들의 발을 씻겨주고 있는 어머니의 얼굴이 얼마나 행복한지 몰랐던 것입니다. 효란 진수성찬이 아니라 부모님을 기쁘게 해드리는 일입니다.

어느 불효자가 있었습니다. 원님에게 잡혀가 곤장을 맞고는 스스로 회개하여 효자의 도리를 배워 집으로 돌아왔습니다. 때는 한 겨울이었습니다. 배운대로 밤이 되자 사랑방에 아버님의 이부자리를 폈습니다. 그런데 그 이부자리가 너무 차가운 것 같아 알몸으로 그 속에 들어가서 한기를 가셔 내고 있었습니다. 출타했다 방에 든 아버지가 깜짝 놀랍니다. 말썽꾸러기 자식이 이제는 애비 자리까지 차지하고 누워 있으니 기가 막혔습니다.

"이 괘씸한 놈 냉큼 나가지 못할까!"

아들은 그래도 효도는 했거니 하는 만족스러운 생각으로 다음날 새벽같이 일어났습니다. 문안을 드리러 사랑방으로 가서 제 옷을 벗어 놓고 아버지가 벗어 놓은 옷을 입습니다. 찬 냉기를 자기 몸으로 덥혀드리려 했던 것입니다. 아버지는 인기척에 눈을 떠보고 놀랍니다.

이제는 애비 옷까지 훔쳐 입고 있지 않은가?

"이 망할놈아 당장 벗어 놓고 내 앞에서 사라지지 못할까!"

아버지가 머리맡에 몽둥이를 집어 들자 아들이 도망가면서 외칩니다.

"온 세상에. 효도도 손발이 맞아야 하지!"

효도란 저녁에 아버지 잠자리를 보아드리고 아침이면 잘 주무셨는지 챙겨드리는 것입니다. 이를 혼정신성昏定晨省이라 합니다.

이고 진 저 늙은이, 짐 벗어 나를 주오.

나는 젊었거늘 돌이라도 무거울까?

늙기도 설워라커늘 짐을 조차 지실까?

정철의 「훈민가」에 나오는 시조입니다. 마을에 짐을 지고 가는 노인이 있으면 그 마을은 부끄러운 마을입니다. 경주 최부자도 말했습니다.

"300리 안에 굶어죽은 사람이 있으면 우리집 책임이다".

세계 10위 안팎의 경제대국인 서울 한복판에 폐휴지 줍는 등굽은 노인이 왜 이리 많은지 모르겠습니다.

빈자일등 貧者一燈

싯달타 왕자는 룸비니 동산에서 마야 부인의 좌협左挾을 열고
태어납니다. 그날이 4월 초파일입니다. 그분은 태어나자마자 7보를
떼 놓고는 '천상천하유아독존'을 외칩니다. 이 세상에 우리 인간이
가장 존귀하다는 휴머니즘으로 해석하고 싶은데, 그 뒤에 오는 말을
연결시키면 그렇게 해석하기에는 조금 무리가 따릅니다.

삼계개고아당안지三界皆苦我當安之
삼계 중생의 모든 괴로움을 마땅히 내가 편안케 하리라

이 구절을 보면 '유아독존'의 주체는 부처님입니다. 인간보다 어떤
신보다 지고의 존재입니다. 부처가 되기 전 고타마 싯달타라는 이름
또한 '모든 목적을 달성한 사람'이라는 뜻입니다. 그분은 이 땅의
모든 괴로움을 소멸하기 위해서 오신 분입니다.

절 구경 한 번 해보지 못한 사람도 '나무아미타불南無阿彌陀佛' 여섯 자는 잘 알고 있습니다. 아미타 부처님께 귀의한다는 뜻입니다. 우리가 죽으며 '나무아미타불'을 한 번만 염하면 아미타불은 달려와 우리를 극락으로 인도해 주십니다. 고마운 부처님입니다. 그러나 종교라는 것이 그렇게 호락호락 극락을 허락하지는 않는 듯합니다. 조금 다른 부처님 말씀도 있습니다.

분명히 열반은 있고, 그 곳에 이르는 길도 있고, 그 길을 인도하는 나(여래)도 있다. 그러나 열반에 이르는 이도 있고, 들지 못하는 사람도 있다. 이것은 나로서도 어쩔 수 없다. 나는 다만 길을 가르치고 있을 뿐이다.

인간의 한계성을 뛰어넘지 못하는 한 열반에 못 든다는 무서운 말씀입니다.

예수님이라 다르지 않습니다. 수고하고 괴로운 자 다 당신에게 오라고 해 놓고서는 죽도록 충성하면 생의 면류관을 주겠다고 말씀하십니다. '죽도록' 즉 100%입니다. 그래서 나는 부처님도 예수님도 가까이 못하는 버려진 양이 됐는지 모릅니다. 양은 지켜주는 목동이 있으니 그래도 기댈 언덕이라도 있지만, 그 목동은 누가 지켜주나 궁금합니다.

그러면서도 4월 초파일 등불 하나만 보아도 구원이 가까운 듯 그분들이 고맙기는 합니다. 그 연등이 부처님 당시에도 있었던가?

가난한 여인은 돈 한 푼 구걸하여 초라한 등불을 바칩니다. 광풍이
불어 모든 등불이 다 꺼졌는데도 그 등(빈자일등貧者一燈)은 꺼지지
않습니다. 자기가 가진 모든 것을 다 바쳐 불을 붙인 등불이기에
목련존자도 끌 수 없었습니다. 이것이 믿음입니다. 108배 한 번
하고, 지전 몇 푼 바친다고 해결될 문제가 아닙니다. 손에 잡은 것을
놓지 않고는 더 큰 진리로 다가서지 못한다는 것을 머리로는 아는데
몸으로는 실천하지 못하는 나는 어리석은 중생입니다.

돈오점수頓悟漸修라는 말이 있습니다. 문득 깨닫고 그 깨달은 바를
수행해 나간다는 말입니다. '점수'보다 '돈오'가 중요합니다. 서울에서
부산을 가는 사람이 무작정 걸어서는 도달하지 못합니다. 부산은
남쪽에 있다는 것을 깨닫는 것이 '돈오'입니다. 그리고 북쪽이나
동쪽이 아닌 남쪽으로 남쪽으로 걸음을 옮기는 것이 '점수'입니다.
여기서 성철 스님은 한 발작 더 나아가 이미 깨달았으면 더 닦을 것도
없다는 더 무서운 말씀을 합니다. 본래 한 물건도 없거늘 어디 티끌이
있을 것이냐는 6조 혜능 스님의 사자후도 같은 맥락입니다.
우리가 젊었을 때 읽은 『갈매기의 꿈』에서 조나단은 완벽한
비상을 익힙니다. 피나는 날기 연습 끝에 그가 희망봉을 생각하면
그는 이미 희망봉에 와 있게 됩니다. 이와같이 불교 또한 실천적인
깨달음입니다.
룸비니 동산에서 태어난 부처님은 쿠시라성 사라쌍수 아래서
열반하십니다. 통곡하는 제자들에게 자명등自燈明, 법등명法燈明을

이야기합니다.

"너 자신을 등불로 삼아 의지하라. 진리를 등불로 삼아
의지하라."

이 말씀은 20세기를 횡행하던 실존철학과도 맥이 통하지 않는가
생각합니다. 내일 모래는 부처님이 탄생하신 아름다운 날입니다.

떠나는 것에 대하여

귀가 멍해지는 소음 속에서도 완전히 정지된 내면의 시간이
있다. 그리고 나는 뼈 속까지 내가 혼자인 것을 느낀다. 정말로
가을은 모든 것의 정리의 달인 것 같다. 옷에 달린 레이스 장식을
떼듯이 생활과 마음속에서 불필요한 것을 떼어버려야 하겠다.

전혜린의 수필 중 한 토막입니다. 굳이 명동백작 이봉구씨의
증언을 듣지 않더라도 그녀는 '은성주점' 같은 곳에서 실로 많은
사람들과 만나서 인생과 예술을 이야기했습니다. 광적으로 많은
사람들을 만났는데도 '뼈 속까지 내가 혼자'라고 적을 수밖에 없을
만큼 가을은 그녀에게 더 큰 외로움의 그늘을 지워주었나 봅니다.
몇 장 남지 않은 캘린더, 잠들 틈을 주지 않고 지성으로 울어대는

귀뚜라미, 청명한 하늘이 유혹하는데도 서울을 벗어날 수없는 자질구레한 일상을 느끼는 순간, 가을은 운명처럼 우리를 고독하게 합니다. 그러한 고독 속에서 범인들은 술이나 마셔댈 때 시인은 고독을 배경으로 한 최후의 고백과도 같은 가을의 주옥편을 완성하는 것 같습니다.

지금은 마음 놓고 외로워하게 하라.
깊은 우물에 달빛을 주고
버려진 새 둥지에 바람이 담기게 하라.

가을은 연인을 버리고 연인이 가버린 계절
떠나는 사람을 잘 가게 하라.
잘 익은 사과들의 과수원 같이
잘 익은 고독의
나는 그 섬이게 하라.

　─김남조「가을 샹송」

외로울 때 사람들은 어떻게 합니까? 〈폭소 대작전〉 같은 코미디 프로를 보지는 않습니다. 한적한 들길을 걷든가, 젤소미나의 가련한 사랑이 폐허처럼 가슴에 와 닿는 〈길〉 같은 아주 슬픈 영화를 보고 싶어합니다.

기쁨으로 외로움을 달랠 수는 없습니다. 외로움을 달랠 수 있는

것은 만남이 아니라 떠남일지도 모르겠습니다. 승리의 순간 우리는
교만해집니다. 만남의 순간 우리는 서로를 탐내기도 합니다. 그러나
떠나보내면서 우리는 더 뜨겁게 사랑해 주지 못했음을 아파하며 또
다른 사랑의 법칙을 배우게 됩니다.

가을은 떠나는 계절이기에 아름답습니다. 김남조 시인이 사는
섬의 주민들은 모두 정갈한 의상을 하고 마음은 그의 옷보다도 더욱
조용할 것 같습니다. 그리고 이 마을 주민들은 아무도 보아주지
않아도 자연스럽게 피어나는 들국화의 사연에 대해서 모두 익히 알고
있을 것입니다.

창 밖에 낙엽이 내리는 저녁
나는 끝없이 불빛이 그리웠다.
바람은 조금도 불지 않고
등불은 다만 그 숱한 향수와 같은 것에 쌓여가고
주위는 자꾸 어두워 갔다.
나도 이제 한 잎의 낙엽으로 내리고 싶다.
　　　　-황동규「10월」

밤기차를 타 보고 싶어지는 것은 차창으로 멀리 보이는 인가의
등불을 통해 묘한 향수 같은 위안을 얻을 수 있기 때문입니다.
아직도 고향 마을의 누렁이는 밤의 정적을 도와 몇 번 소리를 낼 뿐,
도회지의 셰퍼드 같이 영악하게 짖지는 않습니다. 이제 화로 대신

안방은 텔레비전이 점령해 버렸고, 누런 황소는 입속 가득히 배합
사료를 씹을 뿐 아이들이 베어오던 '꼴맛'을 알 턱이 없지만, 그래도
사람들에게 고향이 있다는 것은 마지막 축복입니다.

우리는 100년 전 무엇이었는지 100년이 지난 후 무엇이 될지
모르지만, 잎 진 그 자리에 새 순이 돋아난다는 것은 압니다. 지는
잎을 허락하고 새 생명을 약속하는 대지의 넓은 품처럼 고향은
가을이면 한번 가보고 싶은 마지막 약속의 땅입니다.

황동규 시인이 그리워한 불빛은 고향 대청마루에서 서울로
유학간 아들을 기다리며 매달아놓은 어머니의 등불일지도
모르겠습니다.

이제는 사랑도 아름다운 추억이 되어라.
꽃내음보다 마른 풀이 향기롭고
함께 걷던 길도 홀로 걷고 싶어라.

침묵으로 말하며
눈 감은 채 고즈넉이 그려보고 싶어라.

어둠이 땅속까지 적시기를 기다려
비로소 등불 하나 켜 놓고 싶어라.
서 있는 이들은 앉아야 할 때
앉아서 두 손 안에 얼굴을 묻고 싶을 때

두 귀만 동굴처럼 길게 열리거라.

　　―유안진「가을」

　　이 세상 사람 중의 반은 희망을 양식으로 하여 살고, 나머지
절반은 포근한 추억에 안겨 살아갑니다. 때로는 추억에 의하여
더러는 희망을 양식으로 하여 살아가지만, 그것으로 우리의 외로움이
위안을 받는 것은 아닙니다. 사랑하는 사람끼리 꼭 함께 있어야
할 필요는 없습니다. 여름을 가장 잘 느낄 수 있는 것은 겨울의
한복판이듯 한 걸음 물러서서 보아야 더 큰 산을 볼 수 있습니다.
사원의 기둥들이 서로 떨어져 있듯 사랑에도 간격이 필요합니다.
외부가 차단되면 내부의 문이 열리는 법입니다.

　　가을에는 자기 내부의 등불을 통해, 미처 마련하지 못했던
자신의 요술 안경을 찾아 쓰게 됩니다. 사랑 자체가 우리에게 보상을
주는 것은 아닙니다. 사랑의 이름으로 사물을 부를 때 사랑은 큰
소리로 소리치며 우리에게 답하는 것입니다. 마을의 정자목은 우리를
부르는 법이 없지만 사람들은 그 그늘을 찾아 모여듭니다. 열매가
실하면 길이 없어도 사람들은 몰려옵니다. 가을에는 마른 풀만이
향기로워서는 안 됩니다. 사랑하는 모든 사람이 다 자신의 향기로
말할 수 있어야 합니다.

　　몹시 괴로워지거든
　　어느 일요일 날 죽어버리자.

그때 당신이 돌아온다 해도
나는 살아 있지 않으리라.

촛불은 거세게
희망처럼 타 오르고 있으리라.
당신을 보기 위해 나의 두 눈은
멍하니 떠있을지도 모른다.

전혜린의 마지막 유서 같은 시입니다. 고통까지 자기 것으로
사랑한 시인의 절망입니다. 늦잠을 자도 좋은 행복한 시간이
일요일입니다. 그래서 더 일찍 깨어 새벽을 사랑해도 좋을 그 시간에
그녀는 죽음을 생각합니다. 인생에 대해 많은 것을 느낄 수는 있어도
그것이 말로 쉽게 설명되는 것은 아닙니다. 머릿속에선 금강석 같던
상념들이 입을 통해 나오는 순간 그것은 누더기가 됩니다. 그래서
그녀는 떠남을 언어가 아닌 행동으로 보여주었습니다.

죽어서도 눈 감을 수 없는 그리움을 안은 채 그녀는 떠납니다.
돌아올 기약을 할 수가 없는 그 텅 빈 죽음의 공간에서 사람들은
그녀가 있었기에 그 자리가 빛났다는 것을 뒤늦게 깨달을 수도
있습니다. 그러나 부질 없는 일입니다. 내가 없는 고통을 네가 느낀들
그것은 고통이지 위안이 될 수 없기 때문입니다.

이 가을에 우리는 떠나는 자의 몫을 감당해야 하는 건지, 그를
떠나보내고 홀로 황량한 벌판을 지켜야 하는 건지 아무도 가르쳐주지

않습니다. 가을은 충분히 외로울 이유가 있습니다. 다만 전혜린 같이 완벽하지 못할 뿐.

하늘이 열린 날

이 나라 사람은 마음이 그의 옷보다 희고
술과 노래를 그의 아내와 같이 사랑합니다.
나는 이 나라 사람의 자손이외다.

－양주동 「나는 이 나라 사람의 자손이외다」

　이 나라는 환인 환웅 단군으로 이어지는 뿌리 깊은 나라입니다.
환인 할아버지가 아들 환웅을 인간 세상으로 내려보낼 때 널리
세상을 이롭게 해줄만한(홍익인간弘益人間) 땅을 점지해준 그 땅의
나라입니다. 환웅이 태백산 신단수 아래에 내려와 신시神市를 연
그런 나라입니다.

　인간 세상에 내려온 환웅은 그를 사모하는 웅녀와 혼인하여
단군을 낳습니다. 환인이 하늘이라면 단군은 땅입니다. 그 가운데서

환웅이 하늘과 땅을 연결해 주고 있습니다. 환웅이 하강한 태백산 신단수는 하늘과 땅이 소통하는 신성한 공간입니다. 이런 신시의 연장선상에 '소도'가 있었을 겁니다.

옷보다 흰 마음

물론 우리는 백의민족입니다. 흰색은 물들이기 이전의 원색입니다. 지천으로 흐르는 냇물에 헹궈 빛나는 햇빛 아래 널어놓으면 금방 희게 바래집니다.

중국의 물 사정은 우리와 많이 다릅니다. 그들이 차를 즐겨 마시는 이유도 찬물을 그대로 먹을 수 없기 때문입니다. 그런 물로는 흰 옷이 제 빛깔을 낼 수 없기 때문에 그들은 무색옷(물들인 옷)을 입었다는 이야기도 있습니다.

대문은 항상 열려 있고, 길을 서로 양보하고, 짐을 지고 다니는 노인이 있으면 마을의 수치로 알던 우리 할아버지들의 아름다운 마음이 그의 옷보다 더욱 하얀 마음입니다.

술과 노래

부여의 영고, 예의 무천, 고구려의 동맹 같은 3천 년 전 천제天祭 때는 빠짐없이 술과 노래가 등장합니다. 『삼국지』「위지 동이전」 '부여조'에 보면 길을 갈 때 밤이나 낮이나 어른이나 아이나 모두 노래를 부르기 때문에 하루 종일 노래가 끊이지 않는다는 기록도 있습니다. 술과 노래는 낙천적인 긍정의 마음입니다.

내림 전통일까? 현재 한국 사람은 세계에서 일하는 시간도 가장 길고, 술 마시는 시간도 제일 길다고 합니다. 술이 깨야 한다고 또 노래방에 갑니다. 그렇게 자정 너머 집에 들어와 잠시 눈을 붙이고 새벽에 일터로 나가면서도 온 몸에 힘이 솟구치는 그런 젊음이 한강의 기적을 이루었습니다. 10위 권 안에 드는 경제 대국, 리우 올림픽에서 8등을 하는 스포츠 강국, 이것은 모두 우리 민족이 술과 노래를 좋아하는 '신바람'의 소산입니다.

이 땅의 아내

아내의 고어는 '안해'입니다. 안방에서 빛나는 태양과 같은 존재인지도 모르겠습니다. 집안의 가풍은 시어머니로부터 며느리로 이어집니다. 둘러앉아 송편, 만두를 빚으면서, 정월 말날^(馬日) 장을 담그면서 시어머니가 전해주는 집안의 내력은 그 며느리가 시어머니가 된 뒤에 다시 이어집니다. 한국의 무뚝뚝한 남편들은 한평생 사랑한다는 말 한번 할 줄 모르지만, 사랑이 식었다고 이혼이 다반사인 서양의 남자보다 속이 깊습니다. 장에 갔다 돌아오는 길에 아내의 옥색 고무신을 챙기는 사람이 한국의 남편이고, 새벽에 군불을 때 물을 데우고 부엌의 온기를 넣어줄 줄 아는 사람이 한국의 남편입니다. 한국의 남편들은 한 달 간의 품삯을 한 푼 남김없이 아내에게 바치는 것이 참 이상하다고 외국 남자들은 고개를 갸우뚱 합니다.

나의 몸속에 환인 할아버지의 피가 흐르는 나는 천손 민족입니다.

곰이 마늘과 쑥을 먹고 동굴에서 삼간 다음 인간이 되었다는 것은, 참된 사람이 되기 위하여는 고통(마늘, 쑥)과 공포(동굴- 암흑)를 극복해야 한다는 상징입니다.

나는 그런 자랑스런 어머니의 아들입니다.

이런 이야기가 이 짧은 시 한 구절에 들어 있기 때문에 개천절이나 추석 무렵이면 이 시를 다시 한 번 되뇌게 됩니다. 세계 어느 민족도 자기 할아버지가 하늘을 열고 하강한 '개천開天'을 즐기는 나라는 없습니다. 세계 어느 나라의 할아버지도 나라를 세운 목표를 '널리 인간 세상을 이롭게 한다(홍익인간)'고 한 나라 또한 없습니다. 중국에는 국경절, 미국에는 독립기념일 정도가 있을 뿐입니다.

이렇게 흥겨운 축제의 마당에 하나 아쉬운 것이 있다면 우리나라를 대표하는 대통령도 동참해 주시면 좋겠다는 것입니다. 청와대에서 세종문화회관까지 가까운 거리인데 참 아쉽습니다. 우리가 단군 할아버지를 기억하는 것은 종교도 아니고 미신이라는 말도 터무니없습니다.

'우리가 나무라면 뿌리가 있고 우리가 물이라면 새암이 있다.'

위당 정인보 선생님이 지으신 개천절 노래처럼 단군은 우리 제1대 할아버지일 뿐입니다.

이 나라 사람은

마음이 그의 집보다 가난하고

평화와 자유를

그의 형제와 같이 사랑합니다.

나는 이 나라 사람의 자손이외다.

양주동 선생님의 「나는 이 나라 사람의 자손이외다」의 또 다른
구절입니다.

낙화부 落花賦

가야 할 때가 언제인가 분명히 알고 가는 이의 뒷모습은 얼마나
아름다운가.
봄 한철 격정을 인내한 나의 사랑은 지고 있다.
분분한 낙화, 결별이 이룩하는 축복에 싸여 지금은 가야 할 때.
무수한 녹음과 그리고 머지 않아 열매 맺는 가을을 향하여
나의 청춘은 꽃답게 죽는다.
헤어지자, 섬세한 손길 흔들며 아롱아롱 꽃잎이 지는 어느 날
나의 사랑 나의 결별 샘에 물 고이듯 성숙하는
내 영혼의 슬픈 눈.

−이형기 「낙화」

꽃으로 영원할 수는 없기에 꽃 진 자리에는 열매가 맺고 그 열매는
다음해를 기약합니다.

처음에는 그리 영롱하던 샘물이 강이 되어 탁하게 혼탁하게 흘러
바다에 이릅니다. 모든 오욕을 거부하지 않는 바다. 그 바다는
본성인 짠맛은 남겨둔 채 여과된 수증기를 하늘에 올리고 안개로,
이슬로, 가랑비로, 함박눈으로 그 여린 옥구슬들은 다시 지상에
내리고, 나는 이형기 님의 이 낙화를 읽을 때면 어디선가 솟아오르는
샘물의 속삭임이 들려오는 듯합니다.

꽃이 지기로소니
바람을 탓하랴
주렴밖에 성긴 별이
하나 둘 스러지고
귀촉도 울음 뒤에 머언
산이 다가서다
촛불을 꺼야 하리
꽃이 지는데
꽃 지는 그림자 뜰에 어리어
하얀 미닫이가 우련 붉어라
묻혀서 사는 이의
고운 마음을
아는 이 있을까 저어하노니
꽃이 지는 아침은
울고 싶어라.

－「낙화」 조지훈

조지훈은 지조 높은 선비입니다. 그가 「지조론」을 쓰지
않았더라도 기억하고 싶은 이 땅의 마지막 선비입니다.

경상북도 영양군 일월면 주곡리 그의 생가에는 「완화삼」의
작품 세계만큼이나 고졸한 기와집 한 채가 참으로 자랑스럽게
서 있었습니다.

모든 아름다운 것은 단명한가요? 꽃이 지는 아침은 울고 싶다며
시인은 그 꽃을 작별합니다. '고와서 서러운' 미감의 세계를 여기서도
읽을 수 있습니다.

오늘도 노래하여
스스로를 달래고 잃어버린 것들을 탄식하지 않는 뜻은
꽃 진 뒤에 맺히는 씨앗으로 어둠 속에 그것 모두 살아 있어서
새로 또 불 밝힌 영혼의 뜨락에
꽃으로 피어날걸 믿는 까닭이네
잎으로 피어날 걸 믿는 까닭이네
－허영자 「꽃 Ⅱ」

사람이 늙는 것이 어찌 자신의 죄이겠습니까? 가슴을 파고드는
이 서늘한 바람이며 징그럽게도 놓치고 싶지 않은 그녀의 숨결,
이런 것들이 모여서 꽃이 되고, 그 꽃은 죽어서 별이 되고, 그 별은

어린왕자로 이 땅에 다시 고고하게 서고…… 만해 선사의 시 한
구절처럼 님이 갔다고 해서 내가 어찌 그를 보냈겠습니까?

5월은 모든 어린이와 어버이와 스승이 만나는 달. 이별이
허허로운 이 속된 세상에서 만남이 있는데 어찌 떠남이 없겠습니까.
만남은 잠깐인데 떠나감은 어찌 영겁을 두고 그치지 않을까요.
그래도, 그래도 내 모든 사랑했던 것들, 언젠가는 한 송이 장미로
붉게 웃겠거니.

릴케의 가을

장미여, 순수한 모순이여
여러 겹 눈꺼풀 아래
누구의 것도 아닌 잠이고 싶어라
　─릴케 자신이 쓴 「묘비명」

자꾸만 낮이 야위어가는 몸짓으로 저녁을 향하여 기울어가면
당신은 더욱 더 나의 신이요
당신의 왕국이 지붕마다에서 연기처럼 솟아오릅니다.
　─「기도시집」

금년 가을은 너무 갑자기 찾아왔습니다. 이 가을에도
빠짐없이 고독을 운명처럼 달고 살았던 릴케의 시 한 두 편을 다시

뒤적이게 됩니다. 『기도시집』에 나오는 이 구절은 지금도 그 뜻을 잘 모르겠는데, 참 좋습니다. 그러나 나는 저녁을 향해 가는 이 나이에 연기처럼 솟아오르는 신을 만날 수 없어서 또한 외로운 것도 사실입니다.

> 그대 관능의 십자로에서 마력이 넘쳐흐르는 이 밤에
> 그 낯선 해후의 마음이 되어라.
> 그리하여 현세가 그대를 잊을 양이면 고요한 대지에 말하라.
> 나는 흐른다고.
> 급류를 향하여 외쳐라. 나는 존재한다고
> ―「오르포이스에의 소네트」

내가 가지고 있는 시집에 붉은 밑줄이 쳐진 이 시의 부제는 '베라 오카마 크누프를 위한 묘비명'입니다. 크누프라는 소녀는 15년을 살고 죽었습니다. 그녀가 어릴 때 춤추는 모습은 꽃송이가 흔들리듯 아름다웠습니다. 병으로 더 이상 춤을 출 수 없게 되자 대신 노래를 불렀는데, 모두 신의 소리라 감탄했습니다. 그러다 건강이 더 나빠져 노래를 할 수 없게 되자, 그림을 그려 사람들을 감동시키고는 짧은 생을 마감했습니다.

이 시는 그 소녀를 위한 묘비명 형식입니다. 나는 흐른다 ―오카마 크누프는 결코 멈추지 않았다. 나는 존재한다 ―그녀의 신비한 예술은 하늘의 북극성처럼 이곳 우리의 가슴 속에 남아 있다. 아마

이것이 릴케의 증언인 것 같지만 잘 모르겠습니다. 시를 읽는 것은 10월의 단풍 숲을 걷는 것 같습니다. 단풍이란 것이 잎새들의 환희는 결코 아닐 것입니다. 그들의 비명 소리를 들으며 우리는 아름답다고 착각하는 것인지도 모르겠습니다.

소네트는 14행시 형식인데 이 시는 100여 줄이 됩니다. 그런데 왜 소네트라는 제목을 붙였는지도 모르겠습니다. 리라를 연주해 지옥의 신 하데스를 감동시키고, 독사에게 물려 죽은 아내 에우리디케를 데려오다가, 지옥문 앞에서 뒤돌아보는 바람에 그녀를 잃게 된다는 오르포이스의 신화와 이 시는 어떤 연관이 있는지도 모르겠습니다. 다만 오르포이스는 영원한 미의 사제司祭인 것은 짐작이 갑니다.

그래도 이 시는 참으로 아름답습니다. 베토벤의 '로망스'를 듣거나 천경자의 〈미인도〉를 볼 때처럼 이 시도 해석은 되지 않지만 그냥 막연한 느낌 하나로 좋아하게 됩니다.

주여, 때가 되었습니다.
여름은 참으로 위대했습니다.
해시계 위에 당신의 그림자를 드리우고
들판 위에 바람을 불어주소서
마지막 과일들을 익게 하시고,
이틀만 더 남국의 햇볕을 주시어
그들을 완성시켜, 마지막 단맛이
짙은 포도주 속에 스미게 해주십시오.

지금 집이 없는 사람은
더는 집을 지을 수 없습니다.
지금 혼자인 사람은 오래 혼자로 남아서
잠 못 이루고 이 책 저 책 뒤적이며
긴 편지를 쓸 것입니다.
나뭇잎 떨어져 뒹굴 때 가로수 길을
이리저리 헤맬 것입니다.
　　　　　―「가을날」

　성장과 성숙은, 지식과 지혜의 차이만큼 다릅니다. 위대한 여름의
사역使役도 가을바람이 스쳐가야 완성됩니다. 아마도 이 시는 영혼의
성숙을 갈망하는 릴케의 기도인 듯합니다. 봄의 꽃에도 향기는
있지만, 서리 맞은 가을 국화에게 그윽한 향을 풍길 수 있게 해주는
것이 '당신의 그림자'이며 '들판 위의 바람'일 것입니다. 영혼의 성숙을
위해서는 누구에게나 이 '이틀만 더 남국의 햇볕'이 항상 필요할
것입니다. 인디언 섬머란 이 기간일지 모릅니다.
　그러나 그 '때'란 릴케 자신의 임종의 순간일지도 모르겠습니다.
'위대한 여름'이란 그가 젊어 사랑했던 모든 사람, 사물이라도 좋을
것입니다. '이틀'의 유예기간, 그는 「말테의 수기」 같은 아름다운 글을
더 쓰고 싶었는지도 모릅니다.

　나는 이 가을의 한 가운데서 다가오는 인생의 겨울이 두렵습니다.

그래서 이 가을에도 다시 한 번 릴케의 「가을날」을 읽게 됩니다.
제게도 지금 영혼의 집이 부재합니다. 어차피 인간은 혼자이게
태어났지만, 이 가을에 또 얼마나 '나뭇잎 떨어진 가로수 길을 방황'
해야 할까 걱정이 됩니다. 내가 사랑했어야 하는 사람들의 손을
따뜻하게 잡아주지 못한 형벌일 것입니다. 늙어가며 입맛 없어지듯
고독의 색체도 엷어졌으면 좋겠는데, 그 고독이란 반갑지 않은
손님의 음영陰影은 갈수록 짙어지니 참으로 고약합니다. 아마도
키에르케고르가 진단한 '죽음에 이르는 병'이 바로 이 가을날의
고독인지도 모르겠습니다.

릴케의 시는 너무 어렵다는 핑계를 대고 내 마음대로 떠들어
보았습니다.

당신은 내게 대문과 같은 존재였습니다.
나는 그 문을 통해서 비로소 넓은 들판으로 나가게 됩니다.
나는 그대를 통해서만 세상을 봅니다.
왜냐하면 나는 세상이 아니라, 당신만을
오로지 당신만을 보고 있기 때문입니다.
　－「루 살로메에게 준 편지」

릴케가 14세 연상의 연인 살로메에게 보낸 편지입니다. 시가
아니라 산문 편지이니 이 구절은 릴케가 살로메를 얼마나 의지하고
사랑했는지 분명히 알 수 있게 해줍니다.

산문과 운문은 이렇게 이해되는 정도가 달라집니다. 릴케의 시뿐 아니라, 모든 운문은 에밀레종 퍼져 나가듯 가슴을 울리는 넓은 외연을 가졌다면, 산문은 과녁을 향해 날아가는 화살처럼 명확한 메시지가 담겨있습니다. 그런데 번역된 시를 읽는다는 것은 코끼리의 배를 만지고 그놈이 벽처럼 생겼다는 오해를 불러일으킬 수 있습니다. 나는 눈 감고 릴케라는 코끼리를 더듬고 있는 것 같습니다.

소월의 시를 독일어로 번역해 놓으면 독일 사람에게도 대단히 난해하거나 싱거운 작품이 돼 버릴 것입니다. '그립다 말을 할까 하나니 그리워. 그냥 갈까 그래도 다시 더 한 번……' 이 구절은 한국인만의 고유 정서입니다. 왜 내가 릴케의 시를 좋아하면서 해석할 수는 없는지 변명삼아 말씀드렸습니다.

가을이 쓸쓸해서 릴케의 시라도 뒤적이지만, 릴케가 그 고독을 해결해 주지는 못합니다. 그러나 슬프다거나 외로운 감정 또한 미적 범주에 포함되기도 하니, 라이너 마리아 릴케를 이 가을에 난해하다고 하여 버려둘 수는 없을 것 같습니다.

김현승의 고독

가을에는
기도하게 하소서….
낙엽들이 지는 때를 기다려 내게 주신
겸허한 모국어로 나를 채우소서.

가을에는
사랑하게 하소서….
오직 한 사람을 택하게 하소서.
가장 아름다운 열매를 위하여
이 비옥한
시간을 가꾸게 하소서.

가을에는

호올로 있게 하소서….

나의 영혼,

굽이치는 바다와

백합의 골짜기를 지나,

마른 나뭇가지 위에 다다른 까마귀같이

—「가을의 기도」

제1연은 종말을 앞둔 유한자로서의 인간적인 기도라고 생각해
봅니다.

'겸허한 모국어'는 감사의 기도라고 생각해도 좋을 것입니다.
또는 신의 은총이래도 좋겠습니다. '아름다운 이 세상 소풍 끝내는 날
가서, 아름다웠더라고 말하겠다.'는 천상병 님의 「귀천」도 아름다운
기도입니다.

'하실 수만 있으면, 이 잔을 내게서 지나가게 해주십시오. 그러나
내 뜻대로 하지 마시고, 아버지의 뜻대로 해주십시오.'

골고다 언덕에서 십자가에 매달려야 할 것을 예감한 예수님이
겟세마네 동산에서 드린 기도는 가장 인간적인 아름다운 기도입니다.

제2연은 절대자를 향한 귀의라 생각합니다. 1연의 '낙엽이 지는
때'가 속세의 일이라면 '비옥한 시간'은 절대자를 만나는 성스러운
시간입니다. 그러나 예수님 부처님 말고도 '연탄재 함부로 발로
차지마라, 넌 누구한테 한번이라도 뜨거운 사람이었느냐?' 안도현

시인이 말한 뜨거운 사람, 그런 사람도 '오직 한 사람'의 대열에 들것 같습니다. 둘이 나란히 들어가기에는 너무나 좁은 문 앞에서, 파리하게 죽어간 앙드레 지드의 '알리사'도 참 많은 남성들의 '오직 한 사람'이 될 수 있을 것입니다. 날이 저물어서 노을이 오히려 아름답고 한 해가 장차 저물어서 귤 향기 더욱 그윽한 이 가을에 한 사람을 선택할 수 있다는 것은 축복입니다.

그런데 3연은 조금 막막합니다. 분위기로는 참 좋은데 말로 설명하자니 아귀가 잘 안 맞습니다. '모국어로 자신을 채우고, 비옥한 시간을 가꾸게 해 달라'면서 3연에 와서는 왜 '호올로 있게 해 달라'고 했는가? 사랑하는 것들과 함께 있거나, 그분의 품안에 있는 것이 얼마나 따뜻한 일일 겁니까? 그런데 왜 홀로 있는 삶을 기도했는가? 모르겠다는 대로 평론가들 말을 들으면 그럴 듯한데 돌아서면 '호올로'가 걸리는 것을 어쩔 수 없습니다. 이 시는 절대자 앞에 서 있는 경건한 기도의 자세입니다. 그런데 3연에 와서 '실존적 자아' 운운 하는 평론가들 말을 그대로 수용하기는 어렵습니다. 실존철학이란 '존재는 본질에 우선한다'는 개념이기 때문입니다. 사르트르의 실존은 신을 거부합니다.

잘 모르겠다는 3연의 1행을 건너뛰면 2행은 잘 넘어갑니다. '굽이치는 바다'는 물론 격정의 젊음이겠지요. '파도야, 어쩌란 말이냐 님은 뭍처럼 꿈쩍도 않는데'라고 외치는 유치환 님의 그 젊은 날의 고뇌일 수도 있습니다. '백합의 골짜기'는 장년기의 안정감 정도로 무난하게 해석됩니다. 서정주 선생님이 말한 '거울 앞에 선 누님' 같은 그런 자기의 세계를 확립해 놓은 시기겠지요. 그러면 '마른 나뭇가지'는 공자님이 말씀하신 이순耳順의 경지 정도로 봐도 좋을 것 같습니다. 무성한 잎새까지 함께 겨울을 견딜 수는 없습니다.

그런데 마지막 단어 '까마귀'가 또 고개를 갸웃하게 합니다. 우리 관념으로 까마귀는 부정적인 새입니다. 아침에 까마귀가 우는 소리를 들으면 퉤, 퉤, 퉤 침을 세 번 뱉는 그런 새입니다. 그런데 까마귀 같이 호올로 있게 해 달라니… 이 까마귀는 김현승 본인의 증언을 따르면 인간의 한계와 고뇌를 나타내는 초월적 상징물로 이해됩니다만, 지혜롭지 못한 독자로서의 나는 이런 개인적인 상징을 이해하기가 어렵습니다.

그래서 3연의 1행의 뜻이 '가을에는 홀로 있어도 외롭지 않게 해 주소서'가 아닐까 하는 제 생각에 자신이 없어집니다. 잎 지고 헐벗은 나무 위에 아무의 관심과 사랑 없이 겨울을 맞아야 하는 까마귀, 그 까마귀는 시인과 동격일 겁니다. 그런 단독자, 유한자로서의 시인에게는 제1연의 '기도'와 제2연의 '오직 한 사람'인 절대자가 필요합니다. 그래서 구원은 기도와 사랑으로 이루어진다는 메시지가 김현승 님의 「가을의 기도」가 아닐까 생각합니다. 나는 가을의 까마귀와 같이 당신에게 혐오스런 존재일지도 모르겠다는 생각을 떨쳐버리지 못한 채.

겨울별곡^{別曲}

동지^{冬至}는 대개 양력으로 12월 21~23일 경입니다. 1년 중에서 밤이 가장 긴 날입니다. 동지를 지나면서부터 해가 노루 꼬리만큼 길어진다고 어른들은 말씀하셨습니다. 사이버 시대답게 모든 것이 실물을 접하기 어려운 세상이 되었다고 해도, 동물원까지 가서 노루 꼬리가 얼마나 짧은지 확인해 보는 것은 부질 없는 일일 것입니다. 겨울의 한복판인 동짓날부터 벌써 날이 길어진다는 것을 우리 할아버지들은 알아차리는 밝은 눈을 가졌다는 사실을 눈치챌 수 있다면 그것으로 좋을 것입니다.

'얼음 위에 댓닢 자리 깔고 님과 나와 얼어 죽을망정, 정을 맺는 오늘 밤은 더디 새오시라.' 고려 시대 문학의 주옥편^{珠玉篇}「만전춘 별사」의 한 구절입니다. 절망적인 조건이 충만한 그 겨울의 한

복판에서 선남선녀는 사랑 하나로 추위와 절망을 극복합니다. 이와
같이 겨울은 계절의 끝이 아니고, 밤은 절망의 시작이 아니라는
화두를 가지고 우리의 짧은 이야기를 시작하고자 합니다.

> 백설이 눈부신
> 하늘 한 모서리
> 다홍으로
> 불이 붙는다.
> 차가울수록
> 사무치는 정화
> 그 뉘를 사모하기에
> 이 깊은 겨울에 애태워 피는가.
>
> ─정 훈 「동백」

이렇게 시인은 깊은 한겨울에 탄생하는 생명을 노래하고
있습니다. 그러나 이것은 허구가 아닙니다. 민속학자들에 의하면
생명과 광명을 주관하는 양기陽氣와, 죽음과 어둠을 주관하는
음기陰氣가 치열한 싸움을 벌이는데 이 동지를 기점으로 해서 서서히
양기가 승리하면서 음기가 사라진다고 합니다. 아직 소한小寒 대한大寒
추위가 남아 있지만 동짓날부터는 이미 생명의 기운이 죽음의 기운을
제압한다는 설명입니다.

그렇다면, 우리의 동짓날과 서양의 크리스마스가 며칠 상관하여

나란히 있는 것은 우연이 아닙니다. 예수의 탄생이야말로 긴 어둠을 끝냈다는, 새로운 생명력의 승리를 알리는 위대한 메시지로 해석할 수 있기 때문입니다. 동양보다 좀 더 합리적으로 사고하고 구체적인 것을 중시하는 서양에서, 눈에 보이는 아기 예수의 탄생이라는 삽화를 사용했다고 생각하면, 크리스마스는 '서양의 동지'라고 소개해도 크게 편협하지는 않을 것입니다.

가슴에는 눈물이 말랐듯이 눈도 오지 않는 하늘
저무는 거리에 발걸음을 멈추고 동녘 하늘에
그 별을 찾아본다.
베들레헴은 먼 고장
이미 숱한 이 날이 거듭했건만
이제 나직이 귓가에 들리는 것은
지친 낙타의 울음소리인가?
황금과 유향과 몰약이
빈 가방 속에 들었을 리 없어도
어드메 또다시 그런 탄생이 있어
추운 먼 길이라도 떠나고 싶은 마음.
나의 마리아는
때 묻은 무명옷을 걸치고 있어도 좋다.
−김종길 「성탄제」

화이트 크리스마스란 이제 세계적인 소망이 되었습니다.
크리스마스와 눈이 서로 합쳐지면 더 큰 상승효과를 이룹니다.
1950년대 그 치열했던 6.25 전투의 와중에서도, 미국 병사들은
불멸의 가수 펫분이 불렀던 〈화이트 크리스마스〉라는 노래에 얼마나
열광했던가. 예수님은 이 땅의 추위와 절망을 녹이면서 한 해도 다
저무는 섣달그믐 무렵에 우리의 가슴을 두드립니다.

　　12월 25일 새벽에 태어난 아기 예수는 매일매일 노루 꼬리만큼
길어지는 양陽의 기운만큼 그만큼 우리들에게 복음과 축복을 전해줄
수 있을 것입니다. 양陽의 승리이든, 예수님의 축복이든 겨울은 이렇게
내부에 그 뜨거운 희망이 가득 차 있으니 동짓날 단팥죽을 쑤어 놓고
산타클로스를 기다리는 장면도 복되지 않을까 생각합니다.

　　"금강산도 식후경이라는데, 팥죽이나 한 그릇 드시고 신나게
썰매를 몰아보십시오."

　　산타 할아버지의 선물 보따리는 더욱 풍성할 것입니다.

　　잎잎이 그리움 떨구고 속살 보이는 게
　　무슨 부끄러움이 되랴.
　　무슨 죄가 되겠느냐.
　　지금 내 안에는 그대보다 더 큰 사랑
　　그대보다 더 소중한 또 하나의 그대가
　　푸르디푸르게 움을 틔우고 있는데.
　　─이정하 「겨울나무」

카뮈는 수필 「여름」에서 '이 겨울의 한복판에서 결국 나의
마음속에 불굴의 여름이 있음을 안다.'고 했습니다. 겨울이란 외부가
차단되는 대신 내부가 열리는 뜨거운 계절입니다. 강물은 돌처럼
얼어붙어 즐거운 속삭임도 잊었습니다. 바람은 날을 세우고, 닫힌 문
밖으로는 인적이 끊긴지 오래입니다. 이렇게 외부가 차단되었을 때
부부는 자질구레한 일상에서 돌아와 비로소 서로의 체온에 의지하여
그들만의 밥상을 갖게 되고, 손자는 놀이터로부터 할머니 품으로
달려와 『유충열전劉忠烈傳』의 구성진 가락을 음미하게 됩니다.

가슴에 태양을 지닌 겨울 시인은, 더 이상 물러설 곳이 없는 계절이
끝나는 극한 상황에서 푸르디 푸르게 생명의 꿈을 꾸면서 태양을
찬미하는 배화교도拜火敎徒가 되거나, 또는 선지자 같은 목청으로
겨울의 진실을 들춰냅니다.

추운 겨울 동안에도 창을 가까이 하는 자는
따뜻한 가슴으로 태양을 얻는다.
헐벗은 나뭇가지가 느끼는 한기
혹은 짙은 안개와 같이
괴로움에 휩싸였다 할지라도
창을 가까이 하는 자는
더욱 따뜻한 가슴으로 태양을 얻는다.
　　　　－박성룡 「동면기」

예로부터 동지를 아세亞歲라 하여 관상감에서 책력을 올리면
임금은 그것을 신하들에게 고루고루 나누어주었습니다. 집집마다
이 책력을 펼쳐놓고 새해의 절기를 찾아 한 해를 설계하면서 긴 밤을
정담과 함께 짧게 보냈습니다.

하선동력夏扇冬曆이라 하여 나누어 갖던 단오부채와 동지달력은
우리들에게 하나의 열린 창이었습니다. 부채가 여름을 식혀주듯
동지책력 속에는 한 해의 전경이 다 그려져 있어서 더욱 큰 가슴으로
새해를 구상하게 됩니다.

찹쌀 경단이 든 팥죽은 벽사辟邪의 의식을 위함만이 아니라 그
긴 밤에 허기를 달래는 좋은 밤참이 되었으니 붉은 기운은 또한
양기陽氣와도 상통합니다.

날자만 비슷한 게 아니라 크리스마스카드 주고받듯 우리는
달력을 주고받으며 서로의 새해를 축복했으니 '동양의 크리스마스'가
바로 동짓날이 아니겠습니까.

크리스마스에만 산타크로스를 기다리는 양말이 있는 것은
아닙니다. 동지헌말冬至獻襪이라 하여 우리 며느리들은 시부모에게
버선을 지어 바쳤습니다. 그 버선을 신고 노루꼬리만큼 길어지기
시작하는 해의 그림자를 밟으면 장수한다는 효성스러운 믿음이 이
땅의 며느리들에게는 있었습니다.

굴뚝은 산타크로스만의 통로가 아닙니다. 동짓날이면
조왕신竈王神이 옥황상제께 1년간의 그 집안 사람들의 선악을 고하고

그에 걸맞은 새해의 길흉을 배정받아 섣달 그믐 날 밤에 굴뚝을 통해
하강합니다. 굴뚝에도 부뚜막에도 불을 환히 밝혀 그를 마중하던 이
땅의 동지 풍경도 아름다운 전설입니다.

무거운 문을 여니까 겨울이 와 있었다.
사방에서는 반가운 눈이 내리고 눈송이 사이의 바람들은
빈 나무를 목숨처럼 감싸안았다.
우리들의 인연도 그렇게 왔다.
눈 덮인 흰 나무들이 서로 더 가까이 다가가고 있었다.
복잡하고 질긴 길은 지워지고 모든 바다는 해안으로 돌아가고
가볍게 떠올랐던 하늘이 천천히 내려와 땅이 되었다.
방문객은 그러나 언제나 떠난다.
그대가 전하는 평화를 빈 두 손으로 내가 받는다.
　　─마종기 「방문객」

하얗게 눈이 내리는 날이면 강아지만 행복한 것은 아닙니다.
소설이나 영화 속에서 행복의 극치는 설경雪景을 무대로 펼쳐지기
일쑤입니다.
　〈러브스토리〉 〈닥터 지바고〉 〈무기여 잘 있거라〉……. 생각나는
대로 아무렇게나 꼽아도 주인공들의 행복한 시절은 눈과 더불어
전개됩니다. 그들은 눈이 전하는 축복과 평화를 두 손으로 가슴 가득
받고 있습니다.

기적같이 와서는 행복같이 달아나 버린다는 김진섭 님의 「백설부」
한 토막은 언어의 절창입니다.

눈은 겨울이라는 닫힌 공간 속에서 활짝 열린 내부의 문인가?
이제는 상실해버린 낙원의 표상인가? 풍요와 생명이 눈 속에 있는
것은 분명합니다. 비는 내리자마자 금방 흘러가 버리나, 눈은
한겨울 동안 포근히 대지를 덮었다가 봄이 오면 스스로 녹아서
메마른 대지를 촉촉이 적셔줍니다. 모성스러운 생명의 상징인 양
온 세상이 눈으로 한 빛인 이 계절에 '라라의 테마'를 듣거나, 영화
〈러브스토리〉의 주제가를 들으며 마시는 한 잔의 차는 참 향기로울
것입니다.
동지 달력을 포장하며 그리운 이에게 몇 자 새해 인사를
대신합니다.

뜨는 해 날로 새로워
이 아침에 열리는 기도祈禱의 문
강은 더욱 살아 흐르고
때를 아는 서설瑞雪인가
어머님 섬섬옥수처럼
새날이면 항상 가슴속에 살아나는 사람
세월 속에 잃고 잊은 사랑도
샘처럼 다시 솟아나고,

내 작은 속삭임 그대 귓가에
동백으로 뜨겁게 피어나리라.
창窓으로 오색등 가득하고
가슴 넘치게 만국기 펄럭이거라.

동지 혹은 크리스마스

내일이 동지고 며칠 후 크리스마스입니다. 양기와 음기가 싸우다
이 날을 기점으로 양기가 이기는 날이 동지이고, 크리스마스입니다.
우리는 '아세亞歲(작은 설)'라 하여 즐겼고, 서양에서는 예수님이
태어나신 날이라 축복했습니다. 서구문화가 극치를 이루는 오늘날
동지는 팥죽 먹는 날로 겨우 명맥을 유지하지만, 크리스마스는
대단합니다.

우리의 젊은 시절에는 통행금지라는 괴물이 있었습니다.
그런데 이 성탄절 전야는 통금 해제의 날이었기 때문에 믿는
자나 무신론자나 명동 거리를 메우며 '고요한 밤 거룩한 밤'을
외쳐댔습니다. 그래서 나같이 신앙을 갖지 못한 사람에게도 축복의
밤, 고마운 축제의 날이 되기도 했습니다. 그러나 사람 사는 일이니
동서양이라 크게 다르진 않은 것 같습니다.

잘 아는 대로 산타크로스는 굴뚝을 통해 방문해서 양말 속에 선물을 넣어놓습니다. 우리나라 부엌에는 조왕신이 삽니다. 동짓날이면(혹은 섣달 24일) 그 집안 식구들의 선악을 파악하여 하늘의 옥황상제를 알현하러 조왕신이 하늘로 올라갔다가, 옥황상제로부터 그 식구들의 길흉화복을 배정받아 다시 이 땅으로 내려오는 날이 섣달그믐입니다.

산타클로스처럼 역시 굴뚝을 통해 그 집으로 들어옵니다. 이날은 온 집안을 환히 밝혀 조왕신을 맞습니다. 산타나 조왕신의 통로인 굴뚝은 불의 상징입니다. 태양숭배의 일환입니다. 산타를 기다리는 어린이가 양말을 매달아 놓듯이 이 땅의 며느리 딸들은 어머니를 위해 이날 버선을 지어 올렸는데 이를 동지헌말冬至獻襪이라 했습니다. 양말이나 버선을 신고 벗는 것은 성행위의 상징입니다. 다산의 축복입니다.

하선동력夏扇冬曆이란 말이 있습니다. 단오가 되면 임금님이 신하들에게 부채를 내리고, 동지가 되면 달력을 내렸습니다. 이 새 달력을 받아보고 한 해의 계획을 세우던 날이 바로 동지입니다. 또한 이 달력이야말로 왕권의 상징입니다. 왕조가 바뀌면 세수歲首도 달라집니다.

하나라의 정월은 1월이었고, 은나라는 12월 주나라는 11월이 정월이었습니다. 우리 역사책에 자주 인용되는 『삼국지三國志』「위지魏志 동이전東夷傳」에 '以殷이전 正月정월'이란 말이 나옵니다. 은나라 정월, 즉 지금의 12월을 가리키는 말입니다.

　줄리어스 시저는 자기 생일 달인 7월의 명칭을 자기 이름으로 하여
오늘날의 '줄라이July'가 되었고, 다음 황제 아우구스투스 또한 8월에
자기의 이름을 붙여 '어거스트August'가 되었습니다. 원래 30일이던
8월을, 시저의 7월과 동등하게 하기 위해 2월에서 하루를 더 뺏어와
31일로 만들기도 했습니다.

　해마다 동지절입(동지점에 태양이 도달하는 시각)은 다른데
금년은 19시 44분이라고 합니다. 옛날 같았으면 이 시간을 기다려
집안의 어른들이 나서서 곳간이며 대문 굴뚝같은 곳에 붉은 팥죽을
뿌렸을 겁니다. 벽사진경辟邪進慶의 의식입니다.

　금년은 팥죽 대신 이해인 수녀님의 시 한 구절로 조금씩 길어지는
태양을 예찬해 봅니다.

　내가 어둠이어도
　빛으로 오는 사랑아
　말은 필요 없어
　내 손목을 잡고 가는 눈부신 사랑아
　겨울에도 돋아나는
　내 가슴 속 푸른 잔디 위에
　노란 민들레 한 송이로
　네가 앉아 웃고 있다.

나의 잔

숙명여대 강당에서 김남조 시인의 강연을 들은 적이 있습니다.

한복이 잘 어울리는 참으로 고운 미모의 시인이었습니다.

"행복이 별건가요? 주말여행이나 떠날 수 있고, 철 따라 옷이나 갈아입으면 그게 행복이죠."

그분의 이런 말을 들으며 시인의 행복은 참으로 소박하고나 감탄한 적이 있습니다.

그런데 한평생 살아보니 말로는 쉬웠던 주말여행이 웬만해서는 실행되지 못했습니다. 젊어서는 시간이 없어서 여행을 못 떠났다고 변명을 하면서 퇴직해 시간이 넘쳐흐르는 지금은 왜 또 못 떠나는지? 하긴 용돈이 만만했던 적은 살아보니 별로 없었던 것 같기도 합니다. 제 앞에 놓인 잔은 늘 쓴잔인 것 같았습니다. 사랑이나 행복은 실천의 문제란 것을 문득 깨닫습니다.

나로 하여금 가난하게도 마옵시고 부하게도 마옵시고 오직
필요한 양식으로 나를 먹이옵소서. 혹 내가 배불러서 하느님을
모른다, 여호와가 누구냐 할까 하오며, 혹 내가 가난하여
도둑질하고 내 하느님의 이름을 욕되게 할까 두려워함이니라.

(잠언. 30. 7-9)

잠언의 말씀에 나오는 '나를 먹일 필요한 양식'도 살아보니
참으로 애매합니다. 또박또박 연금이 나오니 나는 참 부자라고
생각했는데, 어느 토요일 오후 갑자기 2천만 원의 돈이 필요한데
도저히 해결할 수가 없었습니다. 한평생 통장관리를 해주던
은행에서도 휴무일인 토요일에 빼 쓸 수 있는 돈은 얼마 못
되었습니다. 내 기도란 것이 미친놈 널뛰는 것 같아서 "제 잔이
넘치나이다"라고 감사하다가도 이런 날이면 "이 쓴 잔을 지나가게 해
달라"고 안달을 하게 됩니다.

마음이 항상 잔잔한 호수 같이 평온하길 바라며 이 잠언의
구절들을 음미하지만, 하느님 보시기에 제 읍소가 얼마나 가소로울까
지레짐작하기도 합니다. 예수님이건 부처님이건 기적 같은 것으로
호락호락 우리를 유혹하실 분들은 아닙니다. 내가 한 발 다가서야
그분은 두 발 다가와 제 눈물을 닦아주신다는 것은 알겠는데, 이
첫 한 발을 내 디디는데 많은 사람들이 일생을 바쳤노라는 고백을

하기도 했습니다.

페스탈로치는 노년에 초등학교 운동장의 사금파리를 줍는 일로
소일했다고 합니다. 그 장면에서 나는 그런 사소한 것은 예사 사람이
하고 페스탈로치 같은 대가*※는 더 훌륭한 연구를 해야 하지 않을까
생각했습니다. 그런데 요즈음은 왠지 모르겠는데 다시금 사금파리
줍는 페스탈로치가 더 훌륭한 것 같기도 합니다. 테레사 수녀님이
'우리는 어떤 위대한 일도 할 수 없기 때문에 큰 사랑으로 작은
일을 실천할 수 있을 뿐이라'고 했던 맥락과 통하는 것 같습니다.
페스탈로치나 테레사 수녀님이 빛나는 이유는 천진난만한 어린이들과
함께 살았고, 병들고 가난한 사람들의 손을 잡아주었기 때문이라고
생각합니다. 자선단체 활동을 위하여 정치가나 사업가와 만나는
것보다 약자와 함께 먹고 머물며 어루만져 주었기 때문에 우리에게 그
두 분은 더욱 아름다웠던 것이 분명합니다.

시청 앞 광장에는 크리스마스 추리 공사가 한창입니다. 그
추리에 방울 달듯 양심의 소리를 찾으며 12월을 맞이하라는 메시지가
거기에 있는 것 같습니다. 구세군 자선냄비 앞을 지나치노라면 '남을
사랑하는 사람은 계율을 다 이루었다'는 사도 바울의 육성이 어디서
들려오기도 하는 것 같고요. 계율을 다 이룰 만큼 남을 사랑한
이는 예수 말고 또 누가 있을까? 이 12월이 따뜻하다면 아기예수의
탄생이라는 축복의 달이기 때문이 아닌지 모르겠습니다. 예수님을

생각하면 실천적인 사랑은 자기 희생이 분명한데 저는 그 희생이란 것을 한평생 잘도 피해 다녔습니다. 그때마다 적당한 이유를 대며 몸을 사려온 업보로 지금 가슴이 많이 허전합니다.

행복도, 사랑도 모두 과거형인지 모르겠습니다. 우리 모두에게는 "참 그때가 좋았어" 하는 그때 한 때가 있습니다. 저의 경우 40년 가까이 강의하던 교단이 내가 모르고 지나쳤던 낙원이 아니었나 생각해 봅니다. 그때 큰소리 치고 야단하던 그 열정이 사랑의 실천이었거니 스스로 위로해 보기도 합니다. 이런 섣부른 고백이 눈 감고 아웅하는 것 같기도 하지만, 내일 또 잘못을 저지를지라도 오늘 회개하는 마음이 '실천'하는 양심이라고 스스로를 위로해 보기도 합니다.

아기 예수를 찾아 동방박사가 먼 길을 떠나는 것처럼 그것이 쓴 잔이라도 내 앞의 잔을 다 비워야 하겠다는 양심의 소리를 이 12월에 듣습니다.

5 이삭줍기

봄을 선구하는 진달래

해마다 4월이 오면
접동새 울음 속에 그들의 피 묻은 하소연이 들릴 것이요
해마다 4월이 오면
봄을 선구하는 진달래처럼 민족의 꽃들은
사람들의 가슴마다에 되살아 피어나리라.

—이은상 「수유리 4. 19 묘지 기념탑 묘비명」 끝 부분

1960년 4월 19일, 10만 명이 넘는 학생들은 이른 아침부터 시국
선언문을 낭독하고 거리로 뛰쳐나왔습니다. 국회의사당(광화문에
있는 현 서울시의회) 앞에 모인 학생 시위대열은 경무대(청와대)
방향으로 치닫기 시작했습니다. 부정선거 규탄과 학원의
자유를 요구했던 시위가 경찰의 무자비한 탄압으로 피로 물들기

시작했습니다.

젊은 학생들은 애국가를 부르며 앞으로 앞으로 달려 나갔습니다. 시민들도 학생들의 대열에 합류했고, 서울 시내는 온통 민주를 외치는 시위대열로 뒤덮였습니다

> 배운 대로 바른 대로 노한 그대로
> 물결치는 대열을 누가 막으랴
> 막바지서 뛰어난 민족 정기여
> 역사를 차지한 그대들이여
> 영원히 영원히 소리칠 태양
> ―송욱 「소리치는 태양」

1960년 3월 15일 자유당의 부정 선거에 항의하는 민중 시위는 마산을 비롯한 각지에서 치열했는데, 4월 11일. 마산 앞 바다에서 왼쪽 눈에 최루탄이 박힌 김주열 군의 시체가 발견되었습니다. 김 군은 막 마산상고에 입학한 17세의 소년이었습니다. 더욱 분노한 군중의 불의와 부정을 규탄하는 시위 물결은 전국으로 번져나가기 시작했습니다. 4월 18일 평화로운 시위를 벌이던 4천여 명의 고려대생은 이름 모를 괴한들에게 습격을 당해 많은 학생이 부상당하기도 했습니다.

의로써 싸웠노라.

부여잡고 울었노라.

무너진 사직일레

가슴 더욱 메었어도

끝내는 자유를 다시 심어

꽃 피우던

아, 혁명의 혁명의 4월

—이순대 「4월혁명 학생의 노래」

1960년 4월 25일. 피 흘리는 제자들의 희생에 더 이상 참지 못한
대학 교수단도 분연히 궐기합니다. 300여 교수가 시국선언과 함께
거리로 뛰어 나섭니다. 사태의 심각성을 인지한 이승만 대통령은 4월
26일 하야 성명을 발표합니다. 4월 28일 부통령이었던 이기붕 일가는
권총 자살로 생을 마감하고, 자유당 정권은 막을 내리게 됩니다.
1960년 8월 장면 내각이 새로운 정부를 구성하여 제2공화국이
시작됐습니다.

이 나라 젊은이들의 혈관 속에

정의를 위해서는 생명을 능히 던질 수 있는

피의 전통이 용솟음치고 있음을 역사는 증언한다.

부정과 불의에 항쟁한 수만 명 학생 대열은

의거의 힘으로 역사의 수레바퀴를 바로 세웠고

민족 제단에 피를 뿌린 185위 젊은 혼들은

거룩한 수호신이 되었다.

−수유리 「4.19 기념탑 묘비명」 앞 부분

국립 4.19 민주 묘지는 서울 강북구 수유동 산 9-1 번지에
있습니다. 4호선 전철을 타고 수유역에서 내립니다. 마을버스
1번이나 일반버스 104, 111번을 타면 금방 도착할 수 있습니다.
봄을 선구하는 아름다운 꽃들로 가득한 광장. 그곳에는 아직도
양심의 소리로 가득합니다.

서러운 풀빛

이 비 그치면
내 마음 강나루 긴 언덕에
서러운 풀빛이 짙어 오것다.

푸르른 보리밭길
맑은 하늘에
종달새만 무어라고 지껄이것다.

이 비 그치면
시새워 벙글어질 고운 꽃밭 속
처녀애들 짝하여 새로이 서고

임 앞에 타오르는

향연香煙과 같이
땅에선 또 아지랑이 타오르것다.

　　　　　　　　　　-이수복「봄비」

　제1연에서 '비'는 건강한 생명력의 원형 상징으로 보는 것도
좋겠습니다. '강나루'는 배가 들어오기도 하고 떠나기도 하는 이별의
공간입니다. '내 마음'이라고 했으니 실재하는 공간이 아니라 임을
여읜 상실의 공간일 것입니다. '서러운 풀빛'이란 감정을 조지훈 님은
「승무」에서 '고와서 서러워라'고 표현했습니다. 모든 아름다운 것은
불행하게 단명합니다. 원래 아름답다는 속성이 찰나적인 것인지도
모르겠습니다.
　제1연을 읽노라면 고려 때 시인 정지상의 「송인送人」이란 시가
생각납니다.

　　비 갠 둑 위로 봄풀이 우거졌는데
　　그대를 남포로 보내노라니 슬픔이 절로이네
　　대동강물이야 언제 다 마를 것인가?
　　이별의 눈물이 해마다 파도를 보태는 것을

　제2연은 내 서러움과 무관하게 펼쳐지는 약동하는 봄 풍경입니다.
초가을에 뿌린 보리는 완전히 제 자리를 잡지 못한 채 겨울을
맞습니다. 사람들이 밟아줘야 뿌리를 잘 내려 얼어 죽지 않고 겨울을

잘 견딥니다. '푸르른 보리밭'은 재생의 환희로 보아도 좋겠습니다. 그러나 배경이 아름다울수록 주인공은 더 외로워지기도 합니다.

제3연의 '시새워질 꽃밭'과 '처녀애들'은 등가적 가치를 지니고 있습니다. 양지녘에 옹기종기 앉아 나물을 캐고 있는지도 모르겠습니다. 그 소녀들의 재잘거림은 종달새의 노래같이 유쾌할지도 모르겠습니다. 그러나 4연의 '향연'으로 유추하건데 내 소녀는 실재하지 못합니다. 1930년대 시인 오일도의 「내 소녀」란 시가 생각납니다. 단명하게 죽은 딸을 그리면서도 감정이 절제된 아름다운 시입니다.

빈 가지에 바구니 걸어놓고
내 소녀 어디 갔느뇨
박사薄紗의 아지랑이
오늘도 가지 앞에 아른거린다.

제4연의 '향연'은 향불입니다. 젯상에 촛불을 켜고 향을 사르고 술을 따라 임을 부릅니다.

'임 앞에 향연'이라 했으니 그는 이미 내 사랑을 더 이상 받아 줄 수 없는 먼 곳의 사람입니다. '아지랑이'는 중의적 표현입니다. 눈물 그렁그렁한 눈으로 볼 때의 굴절각도라고 생각해도 좋겠습니다.

이 시가 아름다운 것은 우리 전통적인 한恨의 승화인 점도 있고

미묘한 기승전결의 배치에도 있는 것 같습니다. ＡＡＢＡ —것다,
것다, 서고, 것다. 보기 좋은 떡이 먹기도 좋은 법입니다. 살면서 많은
사람을 떠나보낸 아픔 같은 것, 이 시를 읽으며 함께 찔끔 눈물도
흘려볼 만한 아름다운 시라서 함께 읽어보았습니다.

피파의 노래

때는 봄.

하루가 시작되는 아침

시간은 7시

진주 같은 이슬이 언덕 위에 가득하다

종달새는 하늘을 날고

달팽이는 가지 위를 기어 다닌다.

하느님은 하늘에 계시고

이 세상은 평안하다.

— 로버트 브라우닝 「피파의 노래」

이맘 때쯤 고난절, 부활절 같은 기독교 행사가 있는 것 같습니다.

"그분의 뜻 안에 우리의 평화가 있습니다(In His will is our

peace).”

단테의 신곡 중 어느 축복된 영혼의 말입니다. 천국은 어디나
지복至福의 상태이며, 하느님이 정해주신 자리가 각자에게 가장 좋은
자리라는 말일 것입니다.

이 피파의 노래는 하느님의 품 안에 행복한 조용한 가슴을
노래하고 있습니다. 하나님은 기독교의 하나님이고, 하느님하면 좀
더 외연이 넓어질 것 같아 하느님이라 써봤습니다.

로버트 브라우닝은 19세기 영국 낭만시인입니다. 너무 유명해
대중화된 바이런 셸리 키츠보다는 몇 십 년 후배입니다. 그 무렵
우리나라에는 다산 정약용, 추사 김정희 같은 분들이 살았습니다.
초의선사는 일지암에서 부지런히 차를 끓였고, 방랑시인 김삿갓도 이
무렵의 사람입니다.

낭만시란 자유분방하고 잔뜩 이국정서를 머금고 있습니다.
자연을 새롭게 노래하고 상상의 나래를 극대화시킵니다. 이 시는 줌
렌즈를 사용하듯 넓은 시공에서 좁은 시공으로 화면이 옮겨갑니다.
고등학교 시험 문제의 정답으로 말하면 점강법을 쓰고 있습니다.

이 땅에 봄이 오는 것은 축복입니다. 긴 겨울동안 우리의 인고는
폭발 직전까지 암흑이었으니까. 그 봄날의 아침입니다. 100리도
너끈히 뛸 것 같이 생기가 넘치는 아침. 이 아침에 막막하기만 했던
내 사랑을 그녀에게 고백할 수 있는 용기가 생기기도 하는 때. 더
금상첨화인 것이 아직 뽀얀 안개 덜 걷힌 7시. 그 이슬에 내 바지

가랑이가 다 젖은들 어떻겠습니까?

　　종달새와 달팽이는 대칭관계입니다. 우리에게 달팽이는 조금
낯설지만 프랑스 최고 요리가 달팽이 요리랍니다. 하늘이 좁다고
비상하는 종달새. 한 시간을 애써야 제 키 만큼 움직일 수 있는
달팽이. 하느님은 모든 중생에게 해맑은 햇빛을 보내 오늘의 평온을
약속하십니다.

　　그분의 뜻 안에 우리의 평화가 있는 것입니다. 지금은 오후 3시.
약간 나른하고 목도 잠기는 시간입니다. 소파에 기대면 잠도 쉽게
들것 같은데 제게는 하느님이 계시지 않습니다.

　　그래서 적당히 외로운 시간이기도 합니다. 하느님은 단비를
내려주고 계신데, 나는 우산을 쓰고 있습니다. 전지전능한 그분의
은총도 제 우산을 뚫고 들어오지는 못하는 것 같습니다.

　　때는 봄, 그 봄의 아침, 그리고 7시 하느님의 대단한 선물입니다

　　매화꽃 졌다하신 편지 받자옵고
　　개나리 한창이란 대답을 보내었소
　　둘이 다 봄이란 말을 차마 쓰기 어려워서
　　　─이은상 「봄」

　　양지녘으로 하루가 달리 개나리의 노란 윙크가 짙어갑니다.
나에게도 청춘은 있었던가? 이런 생각을 하니 '가난하다고 왜 사랑을

모르겠느냐'던 신경림 시인의 「가난한 사랑의 노래」가 떠오릅니다.

　　내 볼에 와 닿던 네 입술의 뜨거움
　　사랑한다고 사랑한다고 속삭이던 네 숨결

　　아, 늙었다고 왜 사랑을 모르겠는가……이 나이에도
아파트 입구 우편함을 지나노라면 혹시 하는 기분으로 편지를
기웃거립니다. 내가 보내지 않았는데 누가 내게 사연을 주겠습니까.
그러나 나는 누군가에게 '개나리가 한창'이란 편지를 쓸만큼 열린
가슴은 못 됩니다.
　　개나리를 볼 때마다 나는 이 시가 이상하게 생각납니다.
누군가가 '매화가 졌다'는 편지를 보낼 것도 같습니다. 그러나
이 나이에도 나는 아내를 '여보'라고 부르는 것이 괜히 쑥스러운
남자인데 감히 누구에게 그런 영광스러운 연서를 받을 수 있겠습니까
다만 봄이란 것이 시공을 초월하는 마술이 있다면 가슴 서늘한
선남선녀에게 사랑을 선물할지도……. 이런 공상은 합니다.

　　이은상 하면 「가고파」를 기억합니다. '내 고향 남쪽바다' -
이렇게 시작되는 남쪽 바다는 경남 마산입니다. 유치환의 고향
통영과 가까운 항구 도시. 이 시는 1933년 김동진이 작곡한 이래
척박한 우리 가곡 시장에 유일무이한 명곡으로 많이 불렸습니다.
노래로 불리지 않았으면 그 긴 시가 그리 많이 회자되지

못했으리라는 것은 저 혼자의 모자란 생각입니다.

그래서 나는 이은상 선생의 짧은 이 3행시(시조)가 참 좋습니다.

사랑이 태도를 바꾸어
밀착하고 또 밀착하면서
왜 입술도 허락하는가 했더니
종다리 아지랑이
솟아오르는 봄이로구나

―김진성 「봄」

이렇게 나도 봄의 입술을 느끼고 싶습니다. 그러나 전생에 나라를
구한 공도 없는데, 어찌 그런 행복이 찾아오겠습니까? 내 먼저 한 발
내 디딘 적 없고, 감히 내가 먼저 그의 손을 잡아준 적도 없는데…
이런 기분은 이은상 선생도 나와 같은지 「그 집 앞」이란 시를
남깁니다. 현재명의 작곡으로 우리 귀에 낯익습니다.

오가며 그 집 앞을 지나노라면
그리워 나도 몰래 발이 머물고
오히려 눈에 띌까 다시 걸어도
되오면 그 자리에 서졌습니다.
오늘도 비 내리는 가을 저녁에
외로이 이 집 앞을 지나는 마음

잊으려 옛 날일을 잊어버리려
불빛에 빗줄기를 세며 갑니다
　－이은상 「그 집 앞」

　나는 그저 닫힌 문 앞에서 서성일 뿐입니다. 어느 날 공자가
아들에게 물었습니다.
　"너 시를 배웠느냐?"
　"아직 못 배웠습니다."
　詩不學以無言^{시불학이무언}(시를 모르면 향기로운 말을 할 수가 없다)
물론 '향기로운'은 나의 의역입니다. 내게는 이 시가 없습니다. 그래서
더욱 이 봄을 느끼게 하는 이은상 님의 아름다운 시가 있다는 것이
내게는 축복입니다.

껍데기는 가라

껍데기는 가라
사월四月도 알맹이만 남고
껍데기는 가라

껍데기는 가라
동학년東學年 곰나루의 그 아우성만 살고
껍데기는 가라

그리하여 다시
껍데기는 가라
이곳에선, 두 가슴과 그곳까지 내 논
아사달 아사녀가

중립中立의 초례청 앞에 서서
부끄럼 빛내며
맞절할지니

껍데기는 가라
한라에서 백두까지
향그러운 흙가슴만 남고
그, 모오든 쇠붙이는 가라

　　　　　－신동엽 「껍데기는 가라」

　　신동엽은 1930년에 태어나 1969년에 타계한 단명한 시인입니다.
이 시는 그가 죽기 2년 전 1967년에 발표되었으니 1960년 4, 19
당시의 그 순수한 정의감이 많이 퇴색했을 때입니다. 껍데기란
생각하시는 것처럼 알맹이의 반대입니다. 노도같은 정의의 물결이
자유당 부정 부패 정권은 몰아냈지만, 그렇다고 이 땅에 정의와
자유의 낙원이 이룩된 것은 아니었습니다.

　　모든 껍데기, 4. 19라는 이름에 빌붙어 적당히 퇴색해가는 자유와
정의가 아닌 것들을 시인은 부정하고 있습니다. 그래서 이 시를
참여시의 대표시로 평론가들은 손꼽고 있습니다.
　　1894년 우리는 동학난이라고 배웠지만 지금은 동학운동,
동학혁명으로 그 정신적 가치를 높이 숭앙하고 있습니다

곰나루는 웅진, 지금의 공주입니다. 전봉준의 호남 10만 혁명군과 손병희의 10만 호서군이 물밀듯 내달아 진격하던 부여 공주 일대입니다. 부여는 신동엽씨의 고향이기도 한 곳 공주를 왜 구태어 곰나루라 했을까? 나는 언뜻 웅녀를 생각합니다. 마늘과 쑥으로 동굴의 공포를 견뎌낸 이 땅의 최초의 여인이자 여인 중의 여인으로 껍데기 아닌 알맹이었고, 고맙게도 단군 왕검을 이 땅에 심어준 여인입니다.

그 '아우성'은 이 땅에 참 많이 있었던 정의의 외침입니다. 유관순도 아우내 장터에서 외쳤습니다. 이준 열사는 만리타국 헤이그에서 세계 만방에 조선을 외쳤습니다. 이승복은 공산당이 싫다고 외쳤습니다. 아마도 이런 외침의 연장선상에 광주 5.18 외침이 우뚝했을 겁니다.

요즈음 어린이도 아사달 아사녀의 슬픈 사랑을 아나요? 아사달은 백제 사나이. 만리 타향 경주에 와서 탑을 세워주는 그 남편의 모습을 호수에서 찾다 찾다 기진맥진한 아사녀. 이무영의 소설『무영탑』을 읽으며 백제도 신라도 모두 우리 할아버지 할머니의 축복의 땅이었음을 자연스레 깨쳤는데 찢어진 이 땅은 이제 지역 감정이란 껍데기들이 들끓고 있습니다.

한라에서 백두까지 갈려 있는 모든 쇠붙이, 북쪽에선 인류 최후의 무기 핵을 꺼내들고 있습니다. 어려서였지만 6.25를 체험한 우리

세대는 소련제 탱크란 것이 얼마나 천하무적이었던가를 기억합니다. 총으로도, 수류탄으로도 끔쩍 않고, 38선 돌파 3일만에 서울을 점령합니다. 그러나 그 탱크에 비유할 수 없는 핵무기는 상상을 초월합니다.

어느 문명 비평가는 말했습니다.

"3차대전이 일어나면 사람들이 무엇을 가지고 싸울 지 모른다. 그러나 4차 대전이 일어난다면 그때의 무기는 맨손에 돌멩이로 싸우는 석기시대로 환원되리라……."

물론 1967년에 별세한 신동엽씨가 어찌 핵무기를 알았겠습니까만, 시대마다 최악의 전쟁 무기는 항존합니다. 중국 진시황은 천하를 통일하고 전국의 무기를 녹여 12개의 쇠인형을 만들었습니다. 한 개의 무게가 30톤이었다고도 합니다. 예나 지금이나 모든 쇠붙이는 껍데기들만큼 우리의 적입니다.

이 시가 다른 참여 시와 달리 많이 읽혀지는 이유는 여러 곳에서 많이 보여집니다.

우선 형식이 A A B A로 낯익습니다. 가라, 가라, 맞절할지니, 가라. 구태여 소리 내어 읽지 않아도 운율이 살아납니다.

모든 시대와 국토를 아우르고 있습니다. 단군조선부터 동학을 거쳐 4,19까지. 공간은 백두에서 한라. 그 한가운데 공주. 아사달과 아사녀의 혼례식. 부끄러울 것 없는 가슴을 내놓고 있습니다. 맞절은 공경의 표시입니다.

4월도 저물고 있습니다. 문명은 진화하는 것인지 퇴보하는 건지 모르겠는데 21세기 벽두의 현실은 역시 껍데기 천지입니다. 내 조국을 내 여자를 뜨겁게 사랑하지 못한 나 또한 껍데기에 지나지 않습니다.

알맹이란 무엇이겠습니까? 봄이면 잊지 않고 자신의 꽃을 피울 줄 아는 그 시대정신. 베토벤이, 폴 고갱이, 김소월이 주저리주저리 가꿔온 알맹이들을 먹고 마시며 우리는 오늘을 살고 있습니다.

수줍은 4월

무언지……
눈이 부신 듯
수줍어만 하는 듯

자꾸만 마음이 안 놓이는 듯
　바쁘고 그저 바쁜 듯
마치…… 새 옷을
입으려고
다 벗은 색시의
샛말간 살결인 양

　－전봉건 「4월」

4월이 가기 전에 함께 읽고 싶은 시입니다. 시문학사에서
전봉건은 모더니즘 계열의 시인으로 유명합니다. 그의 대표작
인용되는 시가 「피아노」인데, 나는 개인적으로 그 「피아노」를 이해할
수 없어 고통스럽습니다.

이 「4월」은 쉽게 쓴 시라서 그런지 읽노라면 가슴이 뭉클합니다.
제목은 4월이지만, 나는 이 시를 읽으면서 봄이 막 문턱에 들어서는
3월을 생각합니다.

나무에는 잎도 겨우 모습만 생겨나고 들판 양지녘에 쑥부쟁이가
간간이 돋아난 황량하지만 아지랑이 아른거리는 듯한 대지, 소녀가
벗은 몸을 가리지 못해 부끄러워하는 듯합니다

산수유도 겨우 노란꽃을 막 움 티우는 그 모습에서 참으로
수줍어하는 소녀가 생각납니다. 그래도 색시의 새말간 살결을
연상하려면 제목대로 4월이 더 좋을까요?

매화는 만개했을 때보다 반개半開한 것을 더 아름답게 칩니다.
문틈으로 보이는 여인의 살결이 최상인 것처럼. 그래서 김광균의
「설야」 중에서 사람들은 다음 구절을 잊지 못하는 것 같습니다.
'가까운'이 아니라 '먼' 곳입니다. 자태가 아니라 소리입니다.
상상력을 극대화시키는 것이 김광균 선생님의 특기입니다.

　하이얀 입김 절로 가슴에 메어
　내 마음 허공에 등불을 켜고

나 홀로 밤 깊어 뜰에 내리면
먼 곳에 여인의 옷 벗는 소리

부끄러운 허리통

들길은 마을에 들자 붉어지고
마을 골목은 들로 내려서자 푸르러졌다.
바람은 넘실 천이랑 만이랑
이랑 이랑 햇빛이 갈라지고
보리도 허리통이 부끄럽게 드러났다.

꾀꼬리는 여태 혼자 날아볼 줄 모르나니
암컷이라 쫓길 뿐
수놈이라 쫓을 뿐
황금 빛난 길이 어지러울 뿐
얇은 단장하고 아양 가득 차 있는
산봉우리야 오늘밤 너 어디로 가 버리련.

—김영랑 「5월」

이 시를 읽을 때마다 아름다움은 영원한 기쁨이라던 키이츠의 시구가 떠오릅니다. 그리고 김영랑의 유미주의적 시풍을 이 시에서 유감없이 발견할 수 있는 것 또한 제 기쁨입니다.

이 시는 1939년 《문장》지에 발표되었습니다. 그때쯤이면 우리 모두가 자연과 함께 사는 것이 당연했습니다. 이맘때 문을 열면 출렁 보리 이랑이 보이고 모두 일 나가 텅 빈 봉당에는 꾀꼬리 소리 고즈넉했을 때입니다. 산업사회로 들어서면서 노동력과 편리함을 기계로부터 얻었지만, 우리는 우리가 디디고 설 땅을 잃었습니다.

복숭아꽃 살구꽃 은은하게 피어나는 고향 같은 시골 마을, 들판으로 나서면 논두렁 밭두렁 푸른 생명 가득하고, 겨울을 잘 견딘 보리는 소녀의 머릿결처럼 윤기가 납니다. 허리통이 부끄럽게 들어난 보리는 꾀꼬리 암놈 수놈 쫓고 쫓기는 것과 연결돼 있습니다. 건강한 생명력입니다.

산봉우리가 저렇게 곱게 단장한 것을 보면 오늘밤 어디 모꼬지(야연, 미팅)에 초대라도 받은 듯. 우리 어릴 적 누나가 거울 앞에서 단장만 하는 것을 보면 괜히 불안했습니다. 나 몰래 어디 놀러가는 것 아닌가.

이 시는 전체 네 문장으로 되어 있습니다. 끊어질 듯 이어지는 긴 호흡, 그것도 우리 앞에 출렁이는 봄을 보는 기쁨입니다. 시선이 마을에서 들길로 보리밭을 기쳐 신봉우리로 확신됩니다.

그 산봉우리는 잠든 나를 남겨두고 나 몰래 외출하는 정다운 우리 누나인지도 모르겠습니다. 밭과 흙을 모르고 누나가 얼마나 고운지도 모르고 자라난 도회지의 소년 소녀들이 이 시에서 받는 감동은 아주 평범하지나 않을까 겁이 납니다.

모든 첫사랑은 가엾게도 실패로 끝납니다. 그것은 사랑의 부피가 얇아서가 아니라 고백이 서툴고, 그 서툰 고백을 받는 사람은 또 이해가 서툴고... 이와 같이 한 편의 시를 감상하는 것도 고승의 덕담을 듣는 것처럼 어려운데, 이 김영랑의 「5월」은 그냥 읽으면 그 모든 아름다움이 가슴에 와 안깁니다. 김영랑은 아름다움이 어떤 것인지를 명쾌하게 보여준 이 땅의 보물 같은 시인입니다

5월은 잠깐

보리는 그 윤기 나는 머리를 풀어헤치고
숲 사이 철쭉이 이제 가슴을 열었다,
아름다운 전설을 찾아
사슴은 화려한 고독을 씹으며
불로초 같은 오시의 생각을 오늘도 달린다.
부르다 목은 쉬어
산에 메아리만 하는 이름
더불어 꽃길을 걸을 날은 언제뇨.
하늘은 푸르러서 더 넓고
마지막 장미는 누구를 위한 것이냐

─노천명 「5월의 노래」

노천명의 시는 아름답습니다. 삶이 별로 아름다울 일이 없는 이 세상을 살면서 아름다운 노래를 들려주는 시인을 만나면 반갑습니다. 그가 시를 쓰던 1930년대, 50년대는 아름다울 일이 별로 없었지만, 그는 꿈을 보여준 아름다운 시인입니다.

그녀의 「사슴」을 흉내 내 보면 '시가 향기로운 그는 전생에 무척 높은 족속'이었는지도 모르겠습니다. 잊었던 전생담을 기억해 내면 이 세상의 때 묻은 희로애락쯤이야 밥상에 떨어진 한 톨 밥알만큼 가벼울 테니까요.

보리는 요즈음 젊은이들은 잘 모르지만 생명력의 상징입니다. 가을에 뿌린 씨앗이 여린 싹을 티운 상태에서 겨울을 맞아야 합니다. 그 여린 싹이 자랑스럽게 겨울을 견디는 이야기는 한흑구의 수필 「보리」에 잘 나와 있습니다. 보리는 생명과 희망입니다. 김영랑은 '보리도 허리통이 부끄럽게'라고 이야기하였습니다.

풀 냄새가 물씬 향수보다 좋게 내 코를 스치고
청머루 순이 벋어 나오던 길섶
어디메선가 한나절 꿩이 울고
나는 활나물, 호납나물, 젓가락나물, 참나물을 찾던
잃어버린 날이 그립지 아니한가, 나의 사람아
아름다운 노래라도 부르자, 서러운 노래를 부르자.
　　—노천명 「푸른 5월」

어디 가면 한나절 꿩 울음소리를 들을 수 있을까요? 지금도
활나물, 호랍나물을 뜯는 소녀가 있을까요? 어머니에게서는
우리가 잊고 지내던 유년의 추억이 냄새로 남아 있듯 시인은 과거
지향적이지만 회고적인 영탄에서 끝이지 않습니다. 우리들에게
아름다운 기억이란 이미 상실의 벽을 넘어서 있는 것이기 때문에
서럽기도 할 것입니다.

고향이란 우리가 태어난 곳이란 뜻이지만, 다시 살고 싶은 그
곳이 우리의 고향을 대신할 수 있습니다. 이와 같은 연장선상에서
어머니를 대신할 수 있는 온전한 여인, 그 사람은 당신의 아내인지도
모르겠습니다. 당신의 소중한 자식의 어머니. '그녀가 있는 곳,
그곳은 어디나 낙원이었노라' 마크 트웨인의 말입니다. 우리가 잊고
지내던 고향의 모습을 시인 노천명은 다시 들려줍니다.

이 아름다운 5월이 벌써 다 저물고 있습니다. 이 5월엔 노천명의
오월의 노래, 푸른 5월 두 편만 기억해도 아직 하느님이 이 땅을
사랑하신다는 확신을 가질 수 있을 겁니다. 5월은 진리이기 때문에
아름다운 것이 아니라 아름답기 때문에 진리인 시간입니다.

"소녀여, 이 짧은 노래를 읽거든 마음껏 젊음을 누리도록 하라.
오월은 오래 머물지 않을지니 청춘의 향기를 마음껏 사랑하라.
오월은 슬픈 일이지만 잠깐이어라."

아름다운 사랑의 서사시 「에반젤린」을 쓴 롱펠로우 말입니다.

오월만 잠깐이겠습니까? 인생도 그런 것인 것을.

이 오월이 저무는 문턱에서 당신이 먼저 한 발 다가서세요. 마지막 장미는 당신을 위한 것이니까.

단오 풍경

'하선동력夏扇冬曆'이란 멋있는 말이 있습니다. 여름 부채, 겨울 달력.

오늘이 단오입니다. 정월 대보름이 달의 축제라면 오늘은 양의
기운이 가장 센 태양의 축제일입니다. 그러나 20세기까지 농경
시대의 이야기인 듯 오늘날은 신문 기사거리도 별로 되지 않는 듯
문화면에서도 찾아보기 어렵게 되었습니다.

한겨울 대숲 바람 긴 마디 하나 잘라
그늘에 놓아두고 모진 성깔 다스려
쪼개고 곱게 다듬어 활짝 편 살 만들고
닥나무 속옷으로 떠 놓은 전주 한지
한 쪽은 네 마음을, 한 쪽은 내 마음을
가위로 둥글게 오려 아교풀로 맞붙이고

시 한 줄 써 넣을까 산수화를 그릴까
붓끝에 대롱이는 생각을 떨구고
태극을 곱게 그리다 흐려지는 눈시울

　　　　　　－정하선 「단오 부채」

본격적인 더위가 시작되는 오늘, 선비들은 부채를 선물로
주고받았습니다. 시서화詩書畵 삼절三絶이 필수과목이었던 그들에게 그
부채에 시를 쓴다든가 난을 치는 일은 별로 어렵지 않았을 것입니다.
내 소중한 벗이 준 그 부채로 여름을 쫓으면 도심의 한복판에서도
자연의 고요를 느낄 수 있었겠지요.

세모시 옥색치마 금박 물린 저 댕기가
창공을 차고 나가 구름 속에 나부끼다
제비도 놀란 양 나래 쉬고 보더라.

　　　　　　－김말봉 「그네」, 금수현 작곡

단오날의 하이라이트는 그네입니다. 모내기 바쁜 틈을 내어 마을
청년들은 밤에 모여 새끼를 꼬고 그 동아줄로 그네를 매고 주변을
정돈합니다.
　단오날이 되면 소녀들은 세모시 옥색치마를 입고 그네 터로
모여듭니다. 옥색치마 댕기는 알겠지만, '세모시' '금박 물린'은
한자를 병기해야 그 뜻이 짐작됩니다. '세細모시' '금박金箔' 이렇게 쓰면

'올이 가늘고 고운 모시' '황금색 무늬를 입힌 댕기' 정도면 이해가
가능할 겁니다.

김말봉은 『찔레꽃』으로 유명한 한국 최초의 여류 소설가입니다.
유명한 작곡가 금수현 씨는 김말봉 여사의 사위입니다. 단오날이면
FM 음악방송에서 신청곡으로 〈그네〉가 방송되기도 합니다. 이것이
예술의 영원성일 것입니다.

이날 오시午時는 일 년 중 가장 양기가 충만한 날입니다. 우리
아버지 할아버지는 이 시각에 쑥과 익모초를 베어 처마 밑에
말렸습니다. 한여름 더위 먹었을 때 익모초는 좋은 약이 되었습니다.
이런 농경사회의 전통은 잊혀져가고 있지만, 단오 한 달여 전부터
강릉에서는 단오제가 아직도 예전대로 성대하게 치러지는 것은
아름다운 전통의 전승입니다. 유네스코 문화유산으로 선정되어
세계화된 것 또한 자랑스러운 일입니다.

일편단심

뜨겁게 목숨을 불사르고 사모침은 돌로 섰네.
겨레와 더불어 푸르른 이 언덕 위에
감감히 하늘을 덮어 쌓이는 꽃잎 꽃잎·
-이영도 「낙화 -눈 내리는 군묘지에서」

오늘은 현충일입니다.

국가란 무엇이고 그 국가를 지키기 위해 무엇이 필요한지 생각해
봅니다. 1945년 일제 패망 이후부터 1948년 대한민국 정부가 수립될
때까지 우리의 명제는 민족이냐? 사상이냐의 양대 산맥이었습니다.
민족이란 함께 뭉쳐야 한다고 남북협상을 끝까지 시도했던 백범
선생이 비명횡사하고 국토와 민족은 남북으로 갈렸습니다.

제 세대까지는 6.25라는 그 참혹한 전쟁을 기억합니다.
3일만에 서울을 유린했던 소련제 탱크는 천하무적이었습니다.

소총은 튕겨나가고 수류탄을 던져도 "아야!" 소리도 없었습니다. 우리의 용감한 젊은이들이 몸을 던져 그 탱크 위로 뛰어오르던 것이 전부였습니다.

무엇으로 이들의 그 아름다운 죽음을 증언할 수 있겠습니까? 대통령의 현충일 기념사를 듣고 묵은 노트를 뒤졌습니다. 해마다 오늘이면 펼쳐 들던 이영도 님의 시조 한 편.

말이 길면 전달이 소홀해집니다. 자신이 없기 때문에 부연하게 됩니다. 그래서 이영도 님의 시는 더욱 빛납니다. 시인이 말한 '사모침'은 산화한 그들과 우리 모두의 사모침입니다.

계절 따라 꽃이 지고 눈이 내리고 두견이 울어 우리의 죽음을 대신한 그들을 찾아 줄 것입니다.

어느 누구고 하나의 섬은 아니요.
자기 스스로가 온전한 것이 아니러라.
사람은 그 모두가 대륙의 한 조각
본토의 한 부분.
(중략)
어떤 친구의 죽음도 나 자신의 소모이려니
그건 나도 또한 인류의 일부이므로 그러기에 묻지 말지어다.
저 조종弔鐘은 누구를 위하여 울리느냐고.
종은 그대를 위하여 울리므로,
　　─존 단(17세기 영국 목사 시인)

243

어찌 우리 이 날을

"개새끼야, 소대장 바꾸라구. 여기는 중대장 손 대위다."

"아, 여긴 1소대장 박우길 소위입니다."

"박 소위? 응 고맙다. 아직 죽지 않구 살아 있었구나! 박 소위 정신 차려 들어. 지금 당장 네 위치에서 고개를 들고 위를 봐라. 보고 있나?"

"예."

"무서울 게다. 나도 무섭다. 그러나 무섭다구 언제까지나 머리만 처박고 있을 수는 없다. 자, 이젠 위를 봤으면 자네가 먼저 그 수렁창에서 빠져나오라구."

"중대장님 여기선 한 발작도 나갈 수 없습니다. 적의 총탄이 우박처럼 사방에 틀어박힙니다."

"개새끼야, 전쟁터에선 언제나 총알이 우박처럼 틀어박힌다. 어서 나와. 지휘관은 너다. 네가 움직여야 부하들도 따라 움직인다."

　　　—홍성원 「남과 북」 5권 151쪽

　　홍성원의 대하소설 『남과 북』의 한 장면입니다.

　　이 소설은 1970년부터 5년간 월간 종합지 《세대》에 「6.25」라는 제목으로 연재된 것이 단행본 전 7권으로 출판되면서 『남과 북』이란 이름으로 개명되었습니다.

　　나는 6,25 전쟁을 강원도 산골 30여 호 남짓한 고향 마을에서 경험했습니다. 그 작은 동네에서 전쟁에 나가 전사한 청년이 한 분, 전투기 기총소사에 직사한 소녀가 있었고, 가지고 놀던 탄피가 폭발하는 바람에 온몸이 찢겨 죽은 3대 독자 아들도 있었습니다.

　　오른 팔을 심하게 다친 상이군인도 있었습니다. 전쟁이란 참으로 끔찍한 체험입니다. 육군 중위 계급장을 달고 휴가 때면 우리들에게 건빵을 나눠주던 친척 아저씨도 있었습니다. 퍽 후일담이지만, 내가 커서 그 아저씨에게 인민군과 전투할 때 무서워서 어떻게 싸웠느냐고 물었습니다.

　　"정말 무서웠다. 방법만 있으면 도망치고 싶었지. 그런데 총알이 날아와 내 옆의 전우를 쓰러뜨린 거야. 그 고통스러워하는 전우를 보는 순간 거짓말처럼 무서움이 사라지는 거야. 전우의 원수를 갚아주지 못하면 나는 사람도 아니라는 생각으로 나도 모르게 적진으로 뛰어들게 되더라고."

그때 우리 국군 아저씨들은 맨몸에 화염병 하나 들고 소련제 탱크로 뛰어들고, 주먹밥 한 덩이로 하루를 견디며 백병전을 벌이기도 했습니다. 1950년 6. 25가 터질 때, 나는 국민학교 2학년이었습니다. 마을 청년에게 입대 통지서가 나오는 날은 온 마을이 우울했습니다. 젊은 목숨 하나 죽게 되는 것 아닌가?

마을 노인이 내 머리를 쓰다듬으며 "네가 컸을 때는 군대 갈 일이 없겠지"라고 했지만, 나는 해군에 입대하여 만 36개월을, 아들은 육군에 입대하여 26개월 복무를 했습니다.

1953년 휴전이 되었습니다. 현인이 부른 '굳세어라 금순아'가 그때 유행곡이었습니다.

어린 우리는 북진통일의 뜻도 모르고 "북진통일 그날이 오면 손을 잡고 웃어도 보자. 얼싸안고 춤도 춰보자"를 따라 부르기도 했습니다.

고등학교 때는 또 뜻도 모르고 '아프레걸'이란 말을 여기저기 많이 썼는데, 그것이 전후 세대의 허망한 인생관을 뜻하는 '아프레 게르Aprs-guerre'라는 불어의 잘못된 발음임은 한참 후에 알았습니다.

2004년 소장하고 있던 2500여 권의 책을 도서관에 기증하면서 이 『남과 북』은 아직도 제 책장에 남겨둔 것을 보면 제게도 이 6월은 예사롭지 않은 계절인가 봅니다.

로마에 맞서 분연히 궐기한 노예 검투사 스파르타쿠스의 외침은 오늘날에도 유효합니다.

여러분은 지금 거인처럼 여기 서 있습니다. 그러나 내일을 헤아릴 수 없는 운명에 놓여 있습니다. 피에 굶주린 사자가 울부짖는 소리를 들으십시오.

여러분이 만일 짐승이거든 머물러 살이 쪄 통통한 황소처럼 백정의 칼을 받으십시오, 여러분이 만일 사람이거든 나를 따라 일어나 여러분의 조상이 사모피레 산맥에서 적을 막던 것같이, 산길로 들어서서 원수와 싸우십시오.

스파르타는 죽었는가? 여러분의 핏줄을 흐르는 그리스인의 피는 마르고 말았는가?

아, 동포여! 만일 싸우려거든 자기를 위해서 싸우라! 만일 살육하려거든 우리의 압제자를 무찌르라. 만일 죽으려거든 명예로운 싸움에 죽음을 바치라.

옌타이烟臺이야기

바다 이야기

현관문을 닫고 복도로 돌아서면 바다가 보입니다. 하얗게
속살을 보이면서 밀려왔다가는 부서지면서도 파도는 온 바다 가득
멈추지 않습니다. 저 또한 그 파도인 듯 이곳까지 밀려왔는지도
모르겠습니다.

첫 강의는 3학년 고급 한국어였습니다. 따져보니 꼭 10년 만에
다시 서는 강단, 그리고 보니, 월급이란 것도 10년 만에 처음 타보게
되었고요.

'서기 2007년 3월 5일 월요일. 天生我材必有用천생아재필용 —李白이백'
이렇게 칠판에 써 놓고 첫 수업 인사를 했습니다. 이미 학교를 퇴직한
늙은이가 다시 강단에 선다는 것이 약간 부끄러웠지만, 학생들의
표정은 아주 밝고 진지했습니다. 앞으로 너희들은 이 나라에서 크게
쓰일 데가 있을 거다.

일주일에 90분 강의 6시간 하고 내가 초급 중국어 3시간을
배웁니다. 오늘은 한 시간 공부밖에 없어서 용감하게 무작정 버스를
타고 시내로 나갔습니다.

2월 26일 중국에 온 이후 첫 외출이기도 합니다. 우리나라 시골
역사驛舍처럼 이곳도 기차역을 중심으로 시가지가 발달되어 있습니다.
거기 어디쯤 신화서점이라고 4층짜리 대형 서점이 있다는데 찾을 길이
막막했습니다. 마침 길 옆에 '월미도 식당 - 순대국 전문'이라는 한글
간판이 보이길래, 다리도 쉴겸 점심을 시켜 먹으며 한국말로 서점의
위치를 물어 보았습니다

식대 25원을 내고 골목길로 접어드니 자장면 3원이라는 간판이
보였습니다. 물론 한국 식당과 비교가 안 되는 초라한 집이었지만
내가 과용을 한 것 같아 부끄러웠습니다. 중국 음식은 보통 10원이면
괜찮게 해결되는 것 같습니다.

서점 4층에는 한국 책이 좀 있었는데, 주로 한국어 학습 교본이고
쓸 만한 것은 없었습니다. 북경대학에서 펴낸 1000여 쪽 두께의
하드커버로 된 『한국문학선집』이 있어 한 권 샀습니다. 39원,
생각보다 책값은 쌌습니다.

대학 구내에 있는 숙소로 오는 버스는 17번 이층 버스입니다.
이층 제일 앞자리에 앉아서 해안 도로를 달리노라면 고기잡이 배도
그림 같고 멀리 가까이 섬인지 산인지 바다를 에워싸고 있습니다.

백사장을 걷는 연인들 때문에라도, 아무래도 봄은 서둘러서 와
주어야 하겠습니다. 흑룡강성에서 왔다는 교수 한 분은 해는 늘 산
위에서 떴는데, 저렇게 바다 속에서 쑥 빠져 올라오니 이상하다고
했습니다.

나는 중국의 최동단인 이곳 옌타이烟臺에서 아침마다 바다에서
솟아오르는 태양을 보면서 새 제자들에게 '빛이 되고, 심판자가 되지
말자'고 다짐하며 객수를 달랩니다. 빛이나 소리처럼 사랑도 하나의
에너지일 것입니다. 사람들이 열심히 사랑하면 그 온기가 주변을
따뜻하게 덥힐 것 같습니다.

중국에 '도이만천하桃李滿天下(훌륭한 제자들이 세상에
가득하다)'라는 말이 있습니다. 자주 연락드리겠습니다. 안녕히
계십시오.

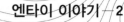

대학 괴담

엔타이대학^{煙臺大學}은 교정이 정사각형입니다. 다 돌아보려면 족히 한 시간은 걸리는 꽤 큰 대학입니다. 단과대학이 18개, 학생은 3만여 명이 됩니다.

대학 교정 중앙에는 삼원호^{三元湖}라는 호수가 자리잡고 있는데 아담하다기보다는 중국식으로 규모가 크고 넓습니다. 제 걸음으로 한 20분 너머 걸어야 한 바퀴 돌 수 있는데 가운데 있는 참한 아치형 다리에는, 명동 한가운데처럼 왕래하는 학생들로 붐빕니다. 호수가 고인 물이니까 맑다고는 하지 못하겠지만, 바람에 이랑지는 물결을 보고 있노라면 이곳에도 봄이 찾아온 느낌은 완연합니다.

도연명^{陶淵明}의 춘수만사택^{春水滿四澤}이라고도 하고, 고개지^{顧愷之}의 시라고도 하지요. 쌓였던 눈과 얼음이 녹아 호수 가득한 출렁임을 보면 왠지 가슴이 뛰기도 합니다.

그런데 이곳도 학교이니 괴담^{怪談}이 없을 수 없군요. 한국에 여고 괴담이 있는 것처럼 이곳에도 호수에 학생이 빠져 죽었는데, "수영을 못해서 죽은 것이 아니라 썩은 물의 똥독이 올라 죽었다"는 괴담이 있었습니다. 학생들의 학교에 대한 정서는 이곳이나 한국이나 부정적이고 파괴적인 것 같습니다.

내가 사는 이곳에서 행복을 찾지 못한다면 우리가 죽어 천국에 간들 그곳이 아름다운 곳인 줄 어떻게 알 수 있을까, 걱정이 됩니다. 학교에서는 참 많은 예산을 들여 저 같은 외래 교수도 초빙하고, 학생들의 숙식비도 저렴하게 책정하는데……(학생들의 점심은 대략 2-3원 정도 선에서 해결할 수 있다고 합니다. 버스 요금은 1원입니다.)

미담이 점점 실종되어 가는 세상입니다. 릴케의 사망진단서에는 '파상풍'이라 적혀 있을지 모르겠으나 우리는 그가 사랑하던 장미 가시에 찔려 죽은 것으로 알고 있습니다. 이백李白은 만취되어 밝게 비치는 달을 건져오겠다고 강물에 뛰어들었다고, 달을 사랑했던 주선酒仙답게 그의 죽음을 각색했고요. 화가 폴 세잔느는 독감에 죽었는데, 어느 여름 야외로 스케치 나갔다가 소나기를 맞아서……. 모든 것은 다 '아 다르고, 어 다르다'는 속담처럼 같은 사실도 표현에 따라 그 아름다움의 농도가 달라집니다.

그 괴담을 생각하며 고급 한국어 시간에 다음과 같은 판서를 해 보았습니다.

"빛이 되고, 심판자가 되지 말자."

光明^{광명}, 非難^{비난}, 讚揚^{찬양}, 昇華^{승화}······ 이렇게 한자를 곁들여 설명했더니 학생들이 끄덕끄덕 했습니다.

"너희들은 태양이다. 많은 것을 예찬하라. 그러면 더 많은 감격이 되돌아 올 것이다."

학생들의 눈에서 진실을 읽으며 나는 혼자 독백처럼, 감격처럼 이런 말도 되뇌었습니다.

삼원호 북편에는 호수 지킴이처럼 돌로 조각된 여인상이 하나 서 있습니다. 그 작품의 제목이 '원정^{園丁}'입니다. 뜻을 찾아보니 '정원사' '초등학교 교사' 등등으로 나와 있었습니다. 참 좋은 말입니다. 대학 교수가 지식을 가르칠 때, 정원사나 초등학교 선생님은 사랑으로 정원을 손질하고 아이들을 돌봅니다.

나는 매일 '실천로'라 이름 붙여진 길을 걸어 숙소에서 강의실로 가는데 이 길이 끝나는 즈음에서 그 '원정'을 만납니다. 그러면서 사랑은 실천이란 생각을 합니다. 그녀에게 제발 제게도 아직은 사랑이 조금은 남아 있는 가슴일 수 있게 해 달라고, 사랑을 실천할 수 있는 용기와 부지런함을 달라고 기원을 드립니다.

"삼원호에 사람이 빠졌는데 아무리 기다려도 나오지 않더래. 알고 보니 거기서 붕어랑, 잉어랑 노느라고 정신이 없었대. 거기서 용궁으로 향하는 고속도로도 보았대."

이런 초등학교 버전 괴담이 삼원호에 있었다면 옌타이 대학은 더욱 아름다운 배움의 장이 되지 않을까 이런 생각을 해봅니다.

강의실 풍경

에피소드 1 〈미스터 왕〉

오늘은 '초청장 쓰기' 공부 시간입니다.

"초청장은 6하 원칙에 의해 간결하게 쓰는 것입니다. 여러분들이 다음에 집을 장만하고 집들이를 하게 되어 초청장을 보낸다고 생각하면서 오늘은 초청장을 한 번 써 볼까요? 그런데 6하 원칙이 뭔지, 저기 왕군^{王君} 한 번 말해 볼까요?"

"……."

지목한 한생은 사물놀이패 단장으로, 내 숙소에도 여러 번 찾아온 학생입니다. 그런데 녀석은 묵묵부답, 딴청을 하고 있었습니다.

"저기, 그래 자네, 육하원칙이 뭐냐구?"

나와 눈이 마주친 녀석은 그제야 골이 부은 얼굴이 되어 한 마디 한다.

아직도 제 이름을 기억해주지 못한다는 원망을 담은 목소리로.

"선생님, 제 이름은 '왕군王君'이 아니고, '왕뢰王雷'인데요."

교실이 한바탕 뒤집어지는 폭소가 지나갔다. 그제야
녀석은 사태가 파악되었는지 얼굴이 시뻘겋게 되어 혼자 뭐라
중얼거렸습니다.

에피소드 2 〈안 됩니까?〉

오늘 2학년 작문 수업 시간이었습니다. 중국은 9월 입학이니
이들의 한국어 공부 경력은 딱 1년 반밖에 안 됩니다. 원래
훈민정음이 과학적이라 배우기 쉬워 의사소통에는 별 지장이 없지만
아직은 도처에서 허점이 보입니다.

"오늘은 어디를 공부할 차례죠?"

"제8과 아름다운 선물이에요."

"그럼 우선 우리 한 번 같이 읽어 볼까요?"

읽히고 나서는 발음을 교정해 줍니다. '모돠씀니다' '차나요'
'몬닐거써요'…….

"그런데 '꼬슬'이라고 발음하면 돼요? 안 돼요?"

"안 돼요."

"맞았어요. 안 되지요? '꼬츨'입니다. 그런데 선생님이 '돼요?
안 돼요?' 하고 물어도 학생 여러분들은 '됩니다, 안 됩니다'라고

대답해야 돼요. 알았어요?"

"예, 알았어요." 하다가는 급히 "예, 알았습니다."

로 바로잡습니다. 그리고는 저희들끼리 민망하게 웃습니다.

다시 한 번 강조합니다.

"어른들한테는 '~하였어요'라고 하면 돼요? 안 돼요?"

"안 됩니다."

"잘 했어요. 다시 한 번 대답해 볼까요. 됩니까? 안 됩니까?"

"안 됩니까."

이번에는 내가 웃어야 할 차례인가 봅니다.

에피소드 3 〈끼역〉

알다시피 중국식 한자는 '간체자簡體字'라 해서 우리가 쓰는
'번체자繁體字'와 많이 다릅니다.

'藝術예술'이라 칠판에 커다랗게 적어 놓으면 학생들이 감탄을
합니다. 어떻게 그렇게 복잡한 글자를 외국인 선생이 아느냐는
반응입니다.

"여러분들이 학교를 졸업하고 상대할 한국인은 간체자를 전혀
모릅니다. 그러니 여러분들은 이제부터 번체자도 잘 익혀 두어야
합니다. 우선 자기 이름부터 옛날식 한자(번체자)로 한번 써 보세요."

부산하게 사전을 뒤지고 앞뒤 학생들과 물어가며 이름을 쓰고

주소를 적습니다.

한 학생이 손을 번쩍 듭니다.

"선생님 제 이름은 번체자가 없는데요."

"……."

내가 웃는 것을 보고 그 학생도 눈치를 챘는지 머리를 긁습니다.

당연히 없을 수밖에. 1964년 간화자총표^{簡化字總表}로 공포된 글자가 2,238자이니까. 그 나머지는 간체, 번체 구별이 있을 수 없는 것입니다. 사전에 등재된 한자는 청나라 시대 『강희자전』에 약 5만자. 현재는 약 6만자 정도가 된다고 합니다.

홍콩, 대만에서는 아직도 번체자를 씁니다. 대만대학 어느 교수가 중국의 간체자 혁명을 비판하며, 중국이 이렇게 간체자 일색으로 나가다 한국에서 '번체 한자'를 자기 나라 문화유산으로 유네스코에 등재 신청을 하면 어쩌겠느냐는 뼈있는 우스갯소리를 하였다는 말도 재미있습니다.

그런데 한글은 간체자보다 더 간단하다는 설명을 하면서 질문을 합니다.

"여러분 한글은 누가 만들었지요?"

세종대왕, 28년, 훈민정음 28자. 주시경, 한글, 24자 이 정도는 다 훤히 꿰고 있습니다.

그런데 외국어란 의외의 곳에 함정이 있기 마련입니다.

"A를 '에이'라고 읽지요? 그럼 ㄱ을 뭐라 읽어요?"

자신이 없습니다. 저희들끼리 '~그. 느, 드, 르' 이렇게 중얼거리는 소리도 들립니다.

"따라 하세요. 기역, 니은, 디귿, 리을 …… 치읓 ……."

칠판에 ㄱ, ㅋ, ㄲ을 써 놓고 학생들에게 나와서 그 이름을 적게 합니다.

'기억', '키윽'까지는 개연성 있는 오답인데, ㄲ을 '끼옄'이라 적은데 가서는 그 창의성이 무궁함을 칭찬해줘야 될 오답이 아닌가 하는 생각도 들었습니다.

에피소드 4 〈주스〉

옌타이대학 한국어과 학생 3~4명은 매학기 '한글 사랑 장학금'을 받습니다. 옌타이시에 있는 한국 기업인들 중 뜻있는 분들이 꽤 큰 액수의 학자금을 보조해 주는 것인데, 수혜 학생은 모두 우수한 한글 실력을 가지고 있음은 물론입니다.

지난 겨울, 장학금 전달식을 치루고 나서 저녁 회식 자리에 역대 장학생들이 다 모였습니다. 멀리 나가 있는 졸업생을 빼고, 옌타이 가까운 곳에 취직해 있는 졸업생, 그리고 재학생과 교수 몇 명. 총 20여 명이 중국 식당에서 저녁을 먹는 자리였습니다. 모처럼의 뜻 있는 자리였으니 요리를 꽤 푸짐하게 시켰습니다.

물론 대화는 순 한국어로만 진행되었습니다. 시간이 꽤 지나고, 장학금 마련의 숨은 주역인 이 교수님이 한글 사랑 대표 학생에게 말했습니다.

"이제 주스(주식主食의 중국 발음)를 시킬까?"

그리고는 다시 술도 한 순배 돌고 여흥이 무르익었습니다.
술을 못 하는 것을 알았는지 내 잔에 어느 학생이 와서 주스를 따라
줍니다. 그런데 한참 기다려도 주식이 나오지 않아 다시 물었습니다.

"아까 주식 주문을 안 했어?"

학생은 의외라는 듯, 주스 병을 들어보입니다.

"저는 주스라 하셔서 오렌지 주스를 말씀하시는 줄
알았는데……."

한참 동안 모두는 유쾌하게 웃었습니다. 이만큼 한국어과
학생들의 발상은 한국적이 된 것입니다. 그날 이후 한동안
우리들끼리는 "주스 한 잔 마시러 가십시다."라며 식당을 찾고는
했습니다.

에피소드 5 〈어머니 스웨터〉

새 학기가 시작되면 학생들에게 자기 소개서를 써 오게 합니다.
시키는 사람 입장에서는 교육적인 측면이 고려된 숙제지만 쓰는 학생
입장에서는 선생님마다 써 오라 하니 여간 번거로운 것이 아닐 수
없는 일입니다.

그래서인지 '여러분, 제가 흑룡강성에서 왔습니다.' 식의 가이드북에서 베낀 냄새도 나고, '저는'과 '제가'를 혼동하는 문법적 오류는 3, 4학년 학생들도 흔히 저지릅니다.

그러나 자기소개서에 쓰인 희망 사항의 공통점은 한국 무역회사에 취직해서 돈을 많이 벌겠다는 금전에 대한 솔직한 고백입니다. 그런데 돈을 많이 벌어서는 부모님께 '집을 사 드리겠다' '세계일주 여행을 시켜 드리겠다'는 부분에 와서는 한국 학생의 희망과 다른 효도적인 측면이 있어 조금 감동적입니다. 그런데 이것은 어디까지나 '제출용 수사법'이 조금은 가미되었으리라 생각했었는데, 어느 날부터 학생들의 이러한 발상은 진정이리라는 생각을 하게 되었습니다.

실용회화 시간이었습니다. 내가 물으면 지정한 학생이 답하기로 했습니다.

"연대에서 한국으로 가려면 어떻게 가요?"

"옌타이 라이산 국제공항에서 비행기를 타고 갑니다."

"예, 한국과 중국은 아주 가까워요. 인천 국제공항까지는 1시간밖에 걸리지 않아요. 자네는 서울에 가면 어디를 가고 싶지요?"

여의도, 남산, 명동, 경복궁……. 학생들은 서울의 요소요소 명소를 환히 잘 알고 있습니다. 그 중에 남대문 시장에 대한 선호도가 제일 높습니다. 동대문 '두타'도 알고 있습니다.

"자네, 남대문 시장에 가서 어떤 옷을 사고 싶나?"

"어머니 스웨터도 사고, 아버지 점퍼도 사겠습니다."

이 대답은 전혀 예상 밖이었습니다. 의당 자신이 입을, 블라우스나 스커트를 산다고 할 줄 알았는데. 순식간에 나온 무의식적인 대답이니까 '제출용 수사법'이 아닙니다. 아직까지 효도에 대해서는 한국 학생보다 한 단계 위인 것이 분명합니다.

이름에 대하여

어떤 사람은 내가 근무하는 '烟台大學'을 '연대대학'이라고도 하고, 어떤 이는 '연태대학'이라고도 합니다. 이것은 베이징 대학을 북경대학이라고 하는 것과는 또 다른 성격의 오류입니다. 원래 이곳 지명은 烟臺^{연태}인데, 이 '臺^대'의 간체자가 '台^태'로 쓰인데서 오는 발음상의 오류입니다. 주로 조선족 동포들이 '연태'라고 하는 것 같습니다. 아니면, 현지 중국인들이 발음하는 '옌타이'에 동화돼서 '연태'라고 발음하는지도 모르겠고요. '臺灣'을 '태만'이라 부르는 이는 아무도 없는데 '烟臺'는 연태로 부르는 사람이 너무 많았습니다.

내 이름은 김붕래입니다. 한국에서도 참 수난을 많이 당한 이름입니다. '붕'자를 '봉'자로 오인하는 사람들이 꽤 많습니다. 친하게 지내는 한 고교 동창 녀석은 아직도 '봉내'라고 부르며 그게

편하다고 합니다. 김봉내 김봉태, 김봉례…… 어느 잡지에선가는
'교사 김봉래'가 '봉사 김교래'로 되기도 하고. 내 기억에는 없는데
어렸을 적 할아버지 말씀을 들으면, 막 한글을 깨친 뒤에 담벼락에
'금붕어'라고 큼지막하게, 내 이름이랍시고 써놓았었다고 하니
그때부터 내 이름은 수난을 당하기 시작한 것 같습니다.

　그 이름이 중국에 와서 또 한 차례의 수난을 겪게 됩니다.
학생들에게 과제물을 내주고 겉장 표기 양식을 가르치면서 담당
교수 이름도 쓰는 것이라고 했더니 역시 '붕'자 보다는 '봉'자가
우세했습니다. 그야 늘 있어온 일이니까 그런가보다 할 수 있는데,
새 이름이 하나 더 생겼습니다. '김풍래', 이것은 한국에서는 없던 내
이름입니다. 그 까닭은 내 이름의 중국 발음이 '진펑라이'이니까 '펑'에
끌려 '풍'이 됐겠지요. 그래도 학생들은 나를 '진펑라이'라 부르지
않고 '김붕래 교수님'이라고 깍듯하게 불러주는 것이 고맙습니다.
그러면서 나는 '田玉'이라는 학생을 '티엔위'라 제 발음을 못해주고
한국 독음으로 '전옥'이라 부르는 것이 좀 미안하기도 합니다. 아무리
한국 적응 훈련을 시킨다고 하지만.
　그런데 내 이름 자가 중국에 오니까 여기 저기 안 보이는 데가
없습니다. 아주 높은 건물에도 내 이름이 붙어 있고, 그럴듯한
식당에도 내 이름이 붙어 있습니다. 내 이름은 한학에 좀 밝으셨던
할아버지가 지어주신 것인데 이 '붕새'라는 새는 쉽게 말해서 한 날개
툭 치면 삼만구천 리를 난다는 전설의 새이니 스케일 큰 중국인이

좋아할 만도 합니다.

　중국에 와서 다시 '생활의 발견'을 읽었습니다. 언제 어디를 펼쳐도
서구식 유머와 중국적 과장이 적당히 가미된 명저여서 감동이 크게
몰려왔습니다. '고급한국어' 시간에 책 이야기가 나오기에 칠판에다
'生活^{생활}의 發見^{발견}'이라 써 보았더니 아무도 아는 학생이 없더라구요.
아, 임어당 몰라요? 하고 林語堂^{임어당}이라 썼더니 '린위탕'하면서
아는 척은 하는데 그 책에 대해서는 별 말이 없어서, 하긴 '공자님도
문화대혁명에 흔들렸는데, 이 책인들 온전했을까보냐?'생각하고
넘어갔습니다. 며칠 후 서점에 들러서 임어당 이름을 찾아보았더니
'生活的^{생활적} 藝術^{예술}'이라는 제목으로 서가에 꽂혀 있었습니다.
그제야 모든 오해가 풀렸습니다.

　이 책은 임어당이 1937년 미국에서 영문으로 발표할 때 그 원
제목이 'The impotance of Living'이었습니다. 그 원제목을 놓고
한국에서는 '생활의 발견'이라 의역을 하고 중국에서는 '생활적
예술'이라 이름을 붙였으니 학생들과 의사소통이 제대로 되지 않았던
것입니다.

　나는 이곳에서 학생들도 가르치지만 기초 중국어 시간에는
청강생으로 강의를 듣기도 합니다. 중국 생활에 있어서 가장 치명적인
스트레스의 생산 창고인 셈입니다. 그래서 허물없이 지내는 동료
교수에게 푸념처럼 말했습니다.

"한 50년쯤 후에 태어났으면 참 좋았을 텐데."

글쎄, 최소한 2050년쯤 되면 언어문제는 해결되지 않을까요. 휴대폰 같은 것에다 대고, 나는 한국말로 하면 듣는 쪽에서는 자기 나라 말로 알아들을 수 있는 상황이 만화 같은 공상일까요? 하느님이 빨리 노여움을 푸셔서 '바벨탑의 저주'를 거두어 주셨으면 연대, 연태, 옌타이의 혼동도 안 생기고, 그냥 'The impotance of life' 하나면 되고, 나도 '田玉'이라 쓰는 학생 이름을 '전옥'이라 부를까? '티엔위'라 부를까 망설이지 않아도 될 것을.

신종 플루

2009년 9월 14일. 월요일.

몇 달 전부터 남의 이야기 같이 들어오던 신종 플루가 요원의 불길처럼 산동성 연대시烟臺市를 강타했다. 한두 군데 학생 기숙사 동棟이 폐쇄되더니, 오늘은 연대시 전체의 학교에 1주일간 휴교령이 내렸다. 모든 일정이 취소되었다. 강의도 하지 않고 학생들의 출입도 통제된다. 외국 교수님들은 '안전한 숙소(?)'에서 편히 쉬라고 한다. 학교 당국에서는 예방약이라면서 발란근板藍根 과립을 보내왔다. 독소를 배제하고 피를 맑게 하는 작용을 하는 것이란다. 더운물에 타서 차 마시듯 마셔본다. 향이 과히 역하지는 않다. 학생 세 명이 병원에서 죽었다는 이야기가 터무니 없는 괴담이었으면 좋겠다. 엔타이烟臺 대학 강교수에게서 전화가 왔다. 2003년 사스 소동보다 더 오래 갈거라면서 조급하게 마음 먹지 말라는 위로 전화였다.

2009년 9월 15일. 화요일.

노동대학魯東大學 구내에는 14명이던 의사疑似 환자가 어제 16명으로 늘어났다고 한다. 교문이 통제되고 출입증이 없으면 나가지도, 밖에 있던 사람이 들어오지도 못한다. 유학생과 외래 교수들에게는 출입증이 발급되지 않는다고 한다. 학교에서는 마스크와 소독약을 돌렸다. 학생들은 수시로 체온을 재는 모양이다. 체온이 기준치를 넘으면 별도 기숙사에 격리 수용된다. 다행히 교수 식당은 폐쇄되지 않았다. 중국 음식이라는 것이 모두 기름에 튀기거나 열에 익힌 것이니 음식에 의한 전염은 걱정하지 않아도 된다고 옆방의 동료 교사가 귀띔을 한다. 고향에서 여름 방학을 보내고 귀교한 학생들에게서 바이러스가 옮아온 듯하다는 이야기가 일리가 있는 것 같다. 원흉은 돼지란 놈이라던가? 평소보다 심하게 기침을 하는 학생들이 많이 늘어난 것이 눈에 띈다.

수업이 없으니 낮시간이 무료하다. 학교 뒷산을 산책하는데 학생들에게서 몇 통 전화가 왔다. 한결같이 따뜻한 물을 많이 마시라는 걱정스러운 목소리다. 나도 별일 없을 거니 너무 걱정 말라고, 손발을 자주 씻고 청결을 유지하라고 대충 조언을 해준다. 평소에도 대학 구내에서 지내며 별로 외출을 하지 않는데 오늘은 학교 밖으로 나갈 수 없다는 강박관념에 바깥 세상이 갑자기 궁금해진다. 이럴 때는 학교 앞 한식당에서 돼지고기 숭숭 썰어 넣은 걸죽한 김치찌개 한 그릇 먹으면 온 몸이 개운해질 것 같기도 하다.

교수 식당에서 저녁으로 좁쌀 죽 한 그릇, 샤오롱빠오^{小笼包} 한
접시를 먹었다. 오늘 저녁같이 심신이 안정되지 못한 때는 술 한
잔이나, 간절한 기도 한 구절이 제격일 텐데 나는 주^{酒}도 서툴고
주^{主}님도 모실 줄 모른다. 일찍 누워도 잠자리가 편치 못할 것
같다. 21세기 대명천지에 학교가 휴교되고 통행이 통제되는 일이
벌어지다니……

2009년 9월 16일. 수요일

숙소 앞에도 폴리스 라인이 쳐져 있고, 요소요소에는 붉은
완장을 찬 학생들이, 눈만 빼꼼히 마스크를 쓰고 출입을 통제한다.
정문에서는 차량도 일일이 체크하며 제한한다.

문득 카뮈의 소설 『페스트』가 생각난다. 북부 아프리카
알제리, 오랑이란 마을은 창궐하는 흑사병으로 인해 도시 전체가
폐쇄된다. 의사 류^{Rieux}는 동분서주하며 그 정체를 알 수 없는 병마에
대항하는데, 거기에는 신부님도 등장한다. 하느님의 저주라고,
절망하는 그 신부님을 향하여 의사 '류'는 외친다.

"지금은 하느님만 쳐다보고 기도할 시간이 아닙니다. 한
사람이라도 이 끔찍스러운 고통에서 구해주는 것이 당신의 그
하느님을 위해서도 값진 일일 겁니다."

대강 이런 내용이었던 것 같은데 지금의 상황과 흡사하다. 나는
의사들처럼 현실에 뛰어들 수도, 신부님처럼 기도할 수도 없다. 그냥
이방인이라는 생각에 약간 외로워진다. 숙소 뒷동산에 오른다. 철

이른 억새풀이 바람에 흩날린다. 살아간다는 것은 이렇게 흔들리는
일이란 것을 몸으로 보여주는 것 같다.

엎어진 김에 쉬어간다고, 이왕 시간도 넘쳐나니, 한국에서 가져온
『삼국지』CD나 다시 보려 했더니 DVD 플레이어가 작동을 않는다.
컴퓨터로 보려 했더니, 'I/O 장치 오류'라는 메시지가 나오면서 화면은
뜨지 않는다. 이놈들도 신종 플루에 걸렸나? 아직 인터넷 검색은
되니 새 학기 교재나 보충해야 하겠다. 배우에게 관객이 있다는 것은
축복이다. 이순신의 12척 배처럼 아직도 나에게는 나를 기다리는
제자들이 있는 것만으로도 중국에 온 것은 잘한 일이라 생각하며
스스로 외로움을 달랜다.

자꾸 신종 플루가 어떻고 고열高熱이 어떻고 하니 식당 가기도
신경이 쓰인다. 기침하는 학생이 지나치면 공연히 멈칫해진다. 전기
밥솥에 밥을 안친다. 쌀은 아직 넉넉한데, 김치는 내일 먹을 양밖에
안 남았다. 장조림도 있고 오이지도 남아있다. 김도 몇 장 있으니
아직은 부자다. 외부가 차단되고 나니 유난히 혼자라는 느낌이 많이
찾아온다. 중국에 와서는 아무에게 신경 쓸 일이 없어 편하다고
생각하기도 했는데 사람이 참 간사하다.
산티아고 노인, 『노인과 바다』의 그 늙은 어부도 혼자였다는
생각을 한다. 나는 그 어부보다 더 노인인 것 같다. 그는 바다에다
모든 것을 걸었지만, 나는 그저 일상에 일희일비하는 소인배일

뿐이다. 이것이 외로운 이유인지도 모르겠다. 그러나 그 바다는 자신이 만들지 않으면 어디에도 존재하지 않는다는 것을 나는 안다. 내 학생들이 나의 마지막 파도치는 바다이거니. 2년 동안 가슴을 열고 찾아오는 제자들도 많으니 그것만으로도 축복이겠거니.

2009년 9월 17일. 목요일

전화가 왔다. 내가 수호천사라고 부르는 감사대학感謝大學의 우 선생이다. 연대대학에서 잠시 감사대학으로 옮겼을 때 그 학교의 외국인 교수를 담당하던 한국어과 전임강사인 한족漢族이다. 학구열이 강해서 이것저것 한국어나 문화에 대해 많은 것을 물어보기도 한다. 이 분은 한마디도 중국말을 못하는 내 의사를 학교 당국에 전해 주기도 하니, 우리는 친밀한 공생 관계를 맺고 있는 셈이다. 그의 자그마한 자가용을 타고 진시황이 말을 키웠다는 양마도養馬島 드라이브도 하고, 양주묘陽主廟라고 제齊나라 팔신八神 중 한 신인 양주陽主를 모신 사당 안내도 해줄 만큼 내게 친절했다.

그 우 선생이 내가 걱정되어 찾아왔는데 외부인 출입이 통제된 것이다. 무슨 영화의 한 장면 같이 정문의 쇠창살을 사이에 두고 만날 수밖에 없다. 얼마나 불편하냐고 묻는다. 뭐 필요한 것 없느냐?. 김치가 다 떨어져간다고 말하려다 그냥 괜찮다고 얼버무린다. 분위기로 봐서 폐교령은 좀 오래 갈거라면서 꽤 두툼한 봉지를 보약이라고 건넨다. 그걸 먹으면 절대 인플루엔자에 걸리지 않는단다.

이건 감동이다. 외로움을 타는 내 만성 정신장애가 안개 걷히듯 사라지는 순간이다. 숙소에 돌아와 봉지를 열었더니 커다란 약 상자가 세 통 나온다. 중국식 건강보조식품인 것 같다. 곽마다 나를 위해서인지 싸인 펜으로 '위장 보호액', '면역력 향상', '단백질'. '식전 30분.'이라고 약의 내용과 복용 방법을 한글로 자세히 적어 놓았다. 세심한 배려다. 가격표의 액수를 따져보니 인민폐 500원이 넘는다. 대졸 학생들의 초임이 2천원이 조금 넘으니 이것은 예사 액수가 아니다. 문득 이것은 그냥 내 건강을 염려한 '선물'이 아니지 않나? 하는 생각이 들었다. 전화로 고맙다고 인사를 했다.

"약 먹기 시작했어요. 너무 과분한 선물, 먹을 때마다 선생님이 고맙다는 생각이 듭니다."

"별 말씀을, 선생님 약인 걸요. 물을 함께 많이 드셔야 몸속의 독소가 빨리 빠집니다."

고민이 생긴다. '선생님 약'이라니? 이건 언어 장벽의 문제가 아니라 한국인과 중국인의 의식 구조면의 어떤 괴리가 분명하다. 그렇게 비싼 선물을 그대로 냉큼 받아야 하나? 받지 않는다면? 약값을 현찰로 주어야 하나? 그러다 한국 사람들은 다 이렇게 돈으로 해결하느냐면서 섭섭한 얼굴을 하면 어쩌나? 하여간 신종 플루가 말썽은 말썽이다. 하긴 나도 우 선생에게 예쁜 스카프도 사 준 적이 있지만.

2009년 9월 18일. 금요일 밤

저녁을 먹고 나니 김치가 다 떨어졌다. 내일은 학교 식당엘
가보나? 사람은 많고 홀은 좁아 그 틈새를 비집고 음식 주문하기도
보통일은 아닐 텐데……. 세계화 운운하는 이 첨단 21세기에 내
식성은 왜 유독 이렇게 국수적인가? 뭐, 고추장에 비벼서 한 끼야 해결
못 하려고……. 커피 대신 '발란근 과립'을 데운 물에 타 마셨다.

좀 쉬고 싶다. 그러고 보니 딱히 한 일도 없지만, 몸도 마음도
개운치 않다. 쉰다고 넋을 놓고 있으면 심신은 더욱 피폐해 진다는
것을 경험이 말해준다. 어디에 집중하여야 만성 매너리즘에서
극복된다. 도박을 하고 마권을 사는 것도 그런 맥락에서 선택된
극단의 휴식일 거라는 생각이 스쳐간다. 학교에서 준 소독약으로
화장실 청소를 하고 비닐 깔은 방바닥도 열심히 닦으며 몸을 움직여
줬다.

누가 방문을 노크한다. 내가 한국문화와 문법을 강의하는
'한중교류학원'의 황 지사장이다. 감사感謝 대학의 열악한 숙소 환경을
보고 노동勞東대학 구내의 유학생 숙소를 제공해 준 고마운 분이다.
연대시 한인상공인회의소에서 보낸 것이라고 선물(위문품이란 말이
더 정확하겠다)을 한 보따리 풀어 놓는다. 떡, 빵, 과일, 사발면,
깻잎, 생수……. 그리고 김치가 두 포기나 들어 있다. 무엇보다
김치가 반갑다. 이것이면 한 주일은 충분히 버틸 수 있겠다. 언제 한번
상공회의소에 고맙다고 인사라도 가야지. 늙은 탓인가? 사소한 일에
이리 감동할 때가 많다. 포장된 김치를 신문지로 두텁게 다시 싸서

냉장고에 넣었다.

바나나가 꽤 탐스럽다. 현관에 근무하는 복무원에게 나눠 준다. 물론 "뿌영不用."이라며 받지 않는다. 이것은 중국식 관습이다. 받는 사람은 세 번을 사양하고 주는 사람도 세 번을 권한다. 그제야 "시에시에謝謝." 하고 받는다.

2009년 9월 21일. 월요일 아침

업무 시작 시간 8시가 되었는데도 숙소 앞 폴리스 라인은 그대로다. 학교 정문 철문 역시 굳게 닫힌 채 학교는 안팎으로 계속 통행이 통제되고 있다. 벌써 일주일째다. 그래도, 며칠 잔뜩 찌푸렸던 하늘이 청량하게 빛을 발하고 가을바람이 삽상하니 좀 사람 사는 동네 같다. 유일하게 말이 통하는 한중교류센터 사무실에 들려 허 부원장과 커피 한 잔 하면서 통행증 부탁을 한다. 내일이나 되어야 나온단다. 한국에서 온 유학생 중에도 심하게 기침을 하는 학생이 있다고 부원장도 근심을 한다.

기숙사 내 방으로 들어오니 화창하던 가을 감각이 실종해 버리고 온통 썰렁한 한기뿐이다. 하느님도 아담이 혼자인 것이 보기 안 좋아 이브를 만들어 주었다던가? 서울에는 신종 플루가 얌전히 지나가고 있는지 집사람이 궁금해진다.

창 밖에 가득히 낙엽이 내리는 저녁
나는 끊임없이 불빛이 그리웠다

바람은 조금도 불지를 않고 등불들은
다만 그 숱한 향수와 같은 것에 싸여가고
주위는 자꾸 어두워 갔다
이제 나도 한 잎의 낙엽으로 좀더 낮은 곳으로 내리고 싶다.

황동규 님은 가을을 이렇게 노래하고 있는데, 그런데 아직 나는
한 잎의 낙엽으로 낮은 데로 내리는 것이 다만 두려울 따름이다.

2009년 9월 22일. 화요일

9일 동안 계속되던 휴교령이 이제야 해제되었다. 갑자기 날씨가
서늘해지니 신종 플루도 발붙이지 못하고 물러가는가 보다. 학생들이
총동원되어 교내 대청소를 하고 있다. 그동안 강의도 안 하고 편히
먹고 잘 쉬었는데도 중병을 앓고 일어난 것처럼 온 몸이 쑤신다.
두발 가진 짐승은 그 두 발로 어디건 싸다녀야 직성이 풀리나보다.
우 교수와 저녁 약속을 했다. 그녀가 준 약이 정서적으로도 나를 많이
안정시켜 주었으니 얼마나 고마운가. 그녀가 좋아하는 피자파이
뷔페집에서 만나기로 했다.

문득 사람을 만날 수 있는 것이 바로 행복이란 생각이 든다. 아직
시간이 많이 남았으니 우선 진맥도 짚어주고 배도 여기저기 꾹꾹
눌러 막힌 소장 대장을 풀어주는 리 따이프李大夫(의사, 안마사) 한테
가서 안마推拿나 한 차례 받아야 하겠다.

김봉래 네 번째 수필집

떠나는 것에 대하여

초판 인쇄 2018년 8월 20일
초판 발행 2018년 8월 25일

김봉래 지음

펴낸곳 문지사
등록 제25100!2002!000038호
주소 서울특별시 은평구 갈현로 312
전화 02)386-8451/2
팩스 02)386-8453

ISBN 978-89-8308-532-0 (03810)

값 13,000원